KB132092

01 1952년 6월
고등학교에 입학하기를 바라며 머리를 짧게 깎고 제대를 기다리던 모습.

02 1951년 11월
다리에 총상을 입고 밀양 제7육군병원에 입원했을 때. 내 어깨에 손을 올리고 있는 사람(가운데)이 편원식 형, 그 옆(왼쪽)은 친구인 창덕.

01 1952년 6월
6사단 수색대 시절부터 알고 지내던 윤진수 중사와 함께. 이때 나는 상등병(당시에는 하사)이었다.

02 1952년 7월
원호대가 해산되고 제대는 했지만 대대의 사무인계를 끝내기 위해 남은 세 명의 잔류병. 앞줄 왼쪽이 표재화 중사, 오른쪽이 유성윤 하사.

03 1952년 5월
구포 근처의 낙동강변에서 여섯 명의 전우들과 함께. 뒷줄 오른쪽에서 두번째가 평양에서 온 백동수, 앞줄 맨 오른쪽이 부산에서 온 김희선.

01 1952년 겨울
수원에서 삼남매가 피란살이할 때. 왼쪽에 서 있는 사람이 작은형님, 앉아 있는 사람이 누님. 어린아이는 집주인의 아들. 이때 남자들은 주로 미군복을 입고 살았다.

02 1952년 겨울
매산로2가에 있던 CID 수원 파견대에서. 멀리 다 파괴된 고무신 공장이 보인다. 철조망 뒤에 있는 반원형 막사가 사무실이고 사진 왼쪽에 우리의 일터였던 작은 경비초소가 보인다.

03 1952년 겨울
경비초소 앞에서 같이 일하던 경비원들과 함께. 우리는 카빈총을 들고 보초를 섰다. 이 경비초소가 내게 공부할 수 있는 많은 시간을 주었다.

01 1953년 봄
수원에서 자취생활을 할 때.

02 1954년 봄
남산고등학교 건물 앞에서 친구들과. 이때 나는 군복을 입고 다니는 고등학생이었다.

03 1954년 3월
남산고등학교 제1회 졸업생들. 운동장이 없어서 학교 앞 길에서 찍은 사진이다. 낡은 학교 건물과 유리 없는 창문틀이 보인다.

04 1954년 봄
서울대학교 문리과대학 교정에서. 의예과 1학년 때로 군사 훈련복을 입고 있다. 훈련복도 교복으로 인정해 주던 때였다.

01

02

01 1960년
의과대학 본과 4학년 시절 야외 나들이 때. 나는 김주택, 박우삼과 늘 붙어 다녀서 '삼총사'라고 불리곤 했다. 뒷줄 왼쪽에서 두번째가 김주택, 앞줄 맨 오른쪽이 박우삼. 뒷줄 맨 왼쪽이 전유방, 앞줄 오른쪽에서 두번째가 상이군인 친구인 정오영.

02 1956년 3월
서울대학교 의예과 졸업식 날 문리과대학 교정에서. 왼쪽이 입학시험에서 최고점을 받은 친구 전유방, 가운데는 후에 중퇴한 양근집.

03 1956년 8월
수색에 있는 육군 30사단에서 예비역 훈련을 받을 때 누님이 면회를 오셨다. 왼쪽은 외사촌형 임창식.

03

01

02

03

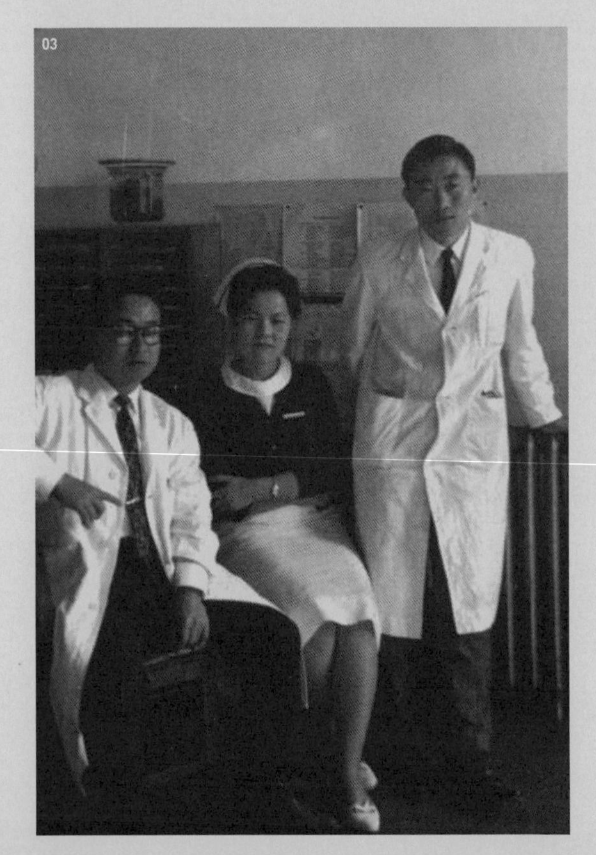

01 1960년 3월
제14회 서울대학교 의과대학 졸업식 날. 나는 최우등생으로서 총장 윤일선 박사로부터 금메달 상장을 받았다.

02 1960년 3월
졸업식이 끝난 뒤 작은형님, 누님과 함께.

03 1961년 가을
서울대학병원에서 레지던트로 근무하던 때 소아과 외래진료소에서.

01 1962년 여름
미국에 가기 직전의 가족사진. 뒷줄 왼쪽부터 매형 하관선, 나, 작은형님. 앞줄 왼쪽부터 누님, 형수 김연호. 서 있는 아이들은 왼쪽부터 조카 박용길, 하진희, 하성철, 박용혜, 박용덕.

02 1995년 여름
바레인에 가기 전의 가족사진. 왼쪽부터 장남 용운, 차남 용철, 막내 용선.

제6회
含春大賞
〈학술연구부문〉
의학박사 朴明根

2005년 3월 28일
서울대학교 의과대학 동창회
회장 이 길 여

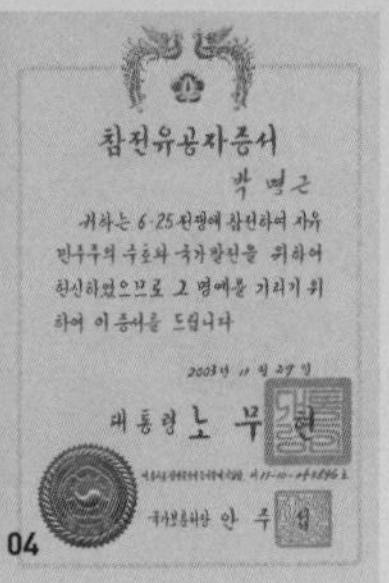

참전유공자증서
박명근

귀하는 6·25전쟁에 참전하여 자유민주주의 수호와 국가발전을 위하여 헌신하였으므로 그 명예를 기리기 위하여 이 증서를 드립니다

2003년 11월 27일

대통령 노 무 현

국가보훈처장 안 주 섭

01 1996년
바레인의 아라비안걸프 의과대학 소아과 주임교수로 있을 때 동료 교수들과 함께.

02 2005년 3월
제6회 함춘대상 수상자들과 함께. 왼쪽부터 나(학술연구), 문태준(사회공헌), 박영관(의료봉사).

03 함춘대상 상패.

04 국가에서 수여한 참전유공자증서.

소년병의 일기

소년병의 일기

박명근 지음

문학동네

그렇게 보고 싶었던 부모님 박정진(朴楨鎭), 이손녀(李孫女)와

큰형님 성근(聖根)의 영전에

이제는 살아 계시는지도 모르는 큰형수님과

두 조카 용빈(龍斌), 용희(龍姬)와의 아름다운 추억에

그리운 친구들, 사라진 전우들의 영전과, 그들과의 아름다운 인연에

우리 삼남매, 작은형님 영근(永根), 누님 보근(寶根),

그리고 나의 가정과 우리 아이들의 장래에

아내 김의순(金義純)의 변함없는 내조와 사랑에

무엇보다도 하나님의 크고 크신 은총에

이 책을 바친다

책머리에

나는 만 열여섯의 나이로 6·25전쟁에 참전했다. 북한 공산정치를 체험한 나는, 대한민국 육군 6사단 수색대에 자원입대해 최일선으로 종군한 첫날부터 상이군인으로 제대하던 날까지 이십 개월간 일기를 썼다. 일선에서 언제 죽을지 모를 때도 나는 억척스럽게 썼다. 최일선에서의 경험, 부상을 당했을 때 이야기, 육군병원에서의 생활, 그후 육군 원호대에서 제대를 기다리면서 안타까워했던 이야기들을 적은 일기. 이제는 다 낡아버린 오십오 년 전의 일기장을 펼치니 그 안에 내 청소년 시절의 과거와 전쟁을 겪은 우리 세대의 모습이 있었다. 또 현재의 내가 존재하고, 다음 세대의 미래가 보였다. 아마도 내 일기는 문학적인 가치보다는 그 시절 한 소년병의 생생한 생활을 기록한 것이라는 데 의미가 있을 것이다.

나는 이 일기를 그때의 산 증거로 젊은 세대에게 제시하고 싶은 마음이 들었다. 나의 일기를 읽기 위해서는 6·25전쟁 전의 배경, 특히 북한 공산정치하에서의 경험을 이해해야 한다. 그것은 전쟁을 겪어보지 않은 오늘날의 젊은이들에게 좋은 자료가 되어줄 것이다. 제대 후의 이야기도 힘들게 얻은 성공의 이야기이기 때문에 목표를 잃고 방황하는 젊은이들과 나누고 싶어졌다. 내일을 사는 한국의 젊은 세대에게 이 짧은 일기와 자서전을 통해 잊어서는 안 될 우리의 과거와 앞으로의 꿈과 용기에 대해 말하고 싶었다. 또하나, 6·25전쟁 후 잿더미 속에서 오늘날의 한국을 건설한 우리 세대가 사라지기 전에 그 업적을 기리고 싶었다.

이 책은 종군일기를 기반으로 한 작은 자서전이다. 제1부 '고향에도 봄은 왔건만'에서는 일본 통치하의 유년 시절과 북한 공산정치에 대한 경험을 간단히 적어보았다. 특히 후자에 관한 언급 없이는 내가 왜 국군에 자원입대했는지를 이해하기 힘들다. 제2부 '소년병의 일기'에는 1950년 12월 대한민국 육군 6사단 수색대에 현지입대해 6사단 7연대를 거쳐 최일선에서 싸우다가, 총상을 입고 1952년 7월 상이군인으로 제대할 때까지 쓴 일기를 싣는다. 고향을 떠날 때는 일기를 쓸 계획이 없었다. 간단한 한 줄의 기록을 할 따름이었다. 삼팔선을 넘어서야 돌아갈 때까지 시일이 걸릴 것 같은 생각이 들어 짬을 내 일기를 쓰기 시작했다. 부모님과 다시 만났을 때, 비록 막내로 자랐고 나이도 어렸지만 어른들 사이에서 어른들만이 할 수 있는 일을 자랑스럽게 수행했다는 걸 보여드리고 싶었다. 원본은 가능한 한 변형시키지 않으려고 노력했다. 요일과 날씨를 포함해 그때 많이 썼던 한문은 모두 한글로 바꾸었고, 남한에서 못 알아듣는 사투리거나 현재 전혀 쓰이지 않는 옛말은 현대어로 고쳤다. 또 당시에는 단기를 썼으나 편의상 모두 서기로 바꾸었다. 일기에 나오는 이름은 대부분 실명이다. 어떤 경우에는 가명을 썼는데 그런 경우에는 밝혔다. 북한 공산당의 엄격한 감시하에 자란 탓에 일기를 솔직히 쓰기에 주저되는 부분이 많았고, 군대에서는 상관이 원하면 언제든 일기장을 보여줘야 한다는 불안 때문이기도 했다. 그때 쓰지 못한 이야기는 필요에 따라 여기저기 주를 달아 설명했다. 대부분은 원호대에서 제대를 기다리며 시간 여유가 많았던 시기에 일선에서 쓴 일기를 정리하면서 보충한 것이고, 또 어떤 부분은 미국에서 살면서 근래에 첨가한 것들이다. 제3부 '의사로 산다는 것'에서는 내가 어떻게 열여섯 살의 소년으로 부모님 없이 남하해, 고등학교 과정을 혼자서 공부하고 졸업반 2학기에 편입, 졸업했으며, 서울대학교에 입학해 의과대학을 우수한 성적으로 졸업했는가를 간단히 적어보았다. 또 미국에서의 어려웠던 전문의 수련과정과 성공적인 의과대학 교수생활을 통해 세계적으로 인정받는 학자가 된 이야기도 간단히 담아보았다.

책을 정리하는 데 많은 시간이 소비되었다. 한국을 떠나서 거의 반세기 가까이 한국말을 쓸 기회가 극히 제한된 환경에서 살다보니 옛날에는 잘 쓰던 우리말도 많이 잊어버렸다. 나의 기억을 되살려 출판하도록 격려해주고 옛말과 사투리, 철자법을 교정해준 김미숙 박사와 문학동네 편집부에 감사한다.

2008년 봄, 샌안토니오에서

박명근

차례

제3부 의사로 산다는 것

제1부

고향에도 봄은 왔건만

일본으로부터 해방되자 오랫동안 갈망하던 한국의 독립이 현실로 다가왔고, 우리는 모두 기쁨에 차서 흥분해 있었다. 하지만 그 기간은 아주 짧았다. 한반도는 위도 38도선을 경계로 남북으로 분리되었고, 북한에는 소련군이 남한에는 미군이 주둔하게 되었다. 그 결과 북한에는 소련 공산당의 영향을 받은 조선민주주의인민공화국이라는 공산체제의 나라가, 남한에는 미국식 자본민주주의의 영향을 받은 대한민국이 수립되면서 남북한은 전혀 다른 정치제도하에서 살게 되었다.

두메산골 능리

나의 고향은 황해도 동북부의 두메산골이다. 서흥군(瑞興郡) 도면(道面) 능리(陵里)라는 곳으로 평안남도까지는 불과 이십 리밖에 안 된다(나의 본적지가 바로 도 경계선을 넘은 평안남도 중화군中和郡이다). 나는 능리에서 태어나 그곳에서 자랐다. 능리는 수안읍(遂安邑)에서 서쪽으로 불과 삼십 리밖에 안 되는 곳이나 더 산골인 수안읍에는 가본 적이 없다. 가까운 철길에서 백 리나 떨어진 능리는 전기도 안 들어오는 산골이었다. 전깃불이 들어오는 동네까지 가까이는 오십 리가 되었고, 일제시대에는 약 백 리가량 떨어진 황주읍(黃州邑)으로부터 정기적인 버스가 매일 들어왔으나 8·15해방 후 공산당 정권하에서는 그나마도 들어오지 않았다.

나는 소지주 가정에서 삼남 이녀 중 넷째로 태어났다. 하지만 내 밑으로 있던 여동생 하나가 어려서 폐렴으로 죽은 후에는 내가 막내 노릇을 하며 자랐다. 아버님은 가난한 집안의 외아들로 조부께서 중년의 나이에 익사하셔서 형편이 더 어려워졌다고 했다. 반면에 어머님은 고향에서 상업으로 크게 성공한 뒤 개성으로 이사해 큰 인삼포로 자수성가하신 외조부님의 장녀로 태어나셨다. 우리 가족은 어머님이 시집오신 후에 소지주가 되어 꽤 부유하게 살게 된 경우였다.

동네는 산골의 조그만 분지에 있었고 오백여 가구가 사는 비교적 큰 '장거리'였다. 어려서는 아주 큰 장거리 동네에 산다고 자랑스럽게 생각하고 다른 마을에서 학교 다니는 아이들을 '시골놈'이라고 깔보며 놀리기까지 했다. 이 작은 분지에는 동서로 이름 없는 개울이 흘렀다. 굳이 이름을 붙인다면 능리천이라고 해야 할 것 같다. 이 개울은 황주읍 옆으로 흐르는 적벽강(赤壁江)의 상류였고 또 수안군 율계면(栗界面) 지석리(之石里)와의 경계선이었다.

군과 면이 달랐으므로 두 동네에는 일제시대부터 초등학교(당시에는 국민학교)가 하나씩 있었다. 남쪽에는 큰 소나무들이 많이 들어서 있는 가파른 산이 있었는데 '남산'이라고 불렸다. 남산을 이용하는 사람은 별로 없었다. 동쪽에는 경사가 심하지 않은 작은 동산이 있었는데 사람들이 많이 이용하다보니 오솔길이 생겨 아이들의 놀이터로 적합하였다. 그 동산 위에는 학교 운동장보다도 더 넓은 평지가 있어서 공도 차고 또 겨울에는 연놀이나 연싸움도 했다. 정월 대보름날에는 많은 동네 사람들이 이 동산에 모여 달맞이를 했다. 봄에는 진달래와 개나리꽃이 여기저기 피어 동산을 단장해주었다. 여름에는 키가 큰 떡갈나무 그늘 밑에서 많은 시간을 보내며 놀았다. 능리천을 건너면 지석리 북쪽에 아주 높은 대머리 산이 있었는데 '감투봉'이라고 불렀다. 화전민들이 산을 많이 개척해 산기슭의 삼분의 일 정도는 농지가 되어 있었고 우리 과수원도 이 산 밑에 위치해 있었다.

일제시대 능리에는 초등학교가 하나 있을 따름이었다. 하지만 해방 후 공산정치가 시작되면서 남자중학교와 여자중학교가 새로 생겼다. 경찰서도 있었는데 이전에는 주재소라 불렀고 공산당 밑에서는 보안서라고 불렀다. 소장을 포함한 두세 명의 경찰이 근무하는 것이 보통이었다. 소방기구는 경찰서에 보관하고 있었고, 경찰서 앞에는 삼층 정도의 높이로 만든 목조 감시초소가 있었는데 거기에 감시원이 올라가서 화재나 다른 사건(예를 들어 미군의 공습)들을 관찰했다. 전기가 없는 우리 동네에서는 사이렌을 쓸 수가 없어서 열두시를 알리는 사이렌이나 화재, 공습을 알리는 사이렌은 팔로 빠르게 회전시켜 소리를 내는 장비를 이용하고 있었다. 은행 대신 금융조합이 있었고 우체국도 있었다. 능리시장은 닷새에 한 번씩 열렸는데 농산물이나 가축, 기타 생활필수품을 판매했다.

능리천은 우리의 수영장이었고 또 물고기잡이로 많은 시간을 즐겨 보낸 개울이었다. 이 개울에는 영구적인 시멘트 다리가 없었다. 사람만이 건너다닐 수 있는 간이 다리는 일 년에 한 번 이상 홍수로 쓸려내려가곤 했다. 홍수가 지면 건널 수 없는 개울이었다. 우차(牛車)들은 다리를 쓰지 못하고 개울을 직접 건너곤 했다. 개울로 갈라진 두 면 소재지는 언제나 경쟁이었다. 특히 아이들이 더했다. 지석리에 건너갔다가 봉변을 당하고 오는 일도 있었고 그런 일이 있은 다음에는 한동안 지석리 아이들이 능리 장거리에 오지 못했다. 특히 정월 대보름에는 달맞이 싸움을 핑계로 돌도 던지고 개울 근처에 있는 집들의 창문도 깨뜨리곤 하는 일들이 있었다. 우리 과수원은 지석리 초등학교 뒤에 있어서 운동장을 질러가는 것이 빠른 길이었으나 지석리 아이들한테 봉변을 당할까봐 나는 번번이 형님이나 어머님과 동행하기를 원했다.

즐겁다 즐겁다 조선의 독립

내가 초등학교에 입학한 때는 1941년 봄으로 한국이 일본의 통치하에 있을 때였다. 즉 일본이 미국 하와이 주의 진주만에 모여 있는 미 해군 태평양 함대를 예고 없이 폭격해 2차대전이 일어난 이듬해 봄이었다. 이때는 유치원이라는 것이 없었다. 우리는 초등학교 1학년으로 입학하는 날부터 수업시간이나 선생님과의 대화에 일본어만을 써야 했다. 집에서는 언제나 한국말을 썼기 때문에 갑자기 일본어를 한다는 것은 불가능했다. 그러나 학교에서 일본어만을 쓰고 듣고 하다보니 일 년 사이 제법 일본어를 알아들을 수 있었고 말할 수도 있을 정도가 되었다. 일본어를 몰라서 한국말을 써야 할 때는 먼저 손을 들고 선생님의 허락을 받아야 했다. 일제시대에는 학교 선생님들이 절대적인 권한을 가지고 있어서 말 안 듣는 학생들이 벌서는 것은 보통이었고, 특히 남학생들은 회초리로 종아리를 맞는 일도 빈번했다.

아침 조회시간에는 일본 천황이 있는 도쿄를 향해 허리를 구십 도로 구부리고 큰절을 했다. 교실 정면에는 일본 천황과 황비의 사진이 걸려 있었고 매일 아침 이 사진들에 큰절을 해야 했다. 또 이곳저곳에 신사(神社)를 지어 참배를 강요했으며 기독교를 압박하기 위해 예배당을 폐쇄해버리고 학교 교실로 사용했다. 일본 사람들은 우리도 자기네와 같은 일본인이라고 세뇌운동을 했고 우리의 성까지도 일본식으로 바꾸게 해 우리 가족의 경우 구니모토(國本)라는 일본식 성을 가지고 있었다. 2차대전이 끝나기 바로 전, 어느 날 나는 울면서 아버님과 큰형님께 걱정스러운 질문을 했다. 오늘 학교에서 들은 이야기인데 만약 일본이 전쟁에 지고 미국 코배기들이 들어오면 우리의 코도 자르고 눈도 파내냐는 것이었다. 아버님과 형님은 웃으면서 우리가 원하는 것이 바로 일본이 빨리 전쟁에 져서 조선이 해방되는 것이라며, 미국 사람들은 신사이기 때문에 그런 나쁜 짓은 절대로 하지 않는다고 위로해주셨다. 그 정도로 일본인들은 한국 어린이들을 성공적으로 세뇌해왔던 것이다.

전쟁이 일어난 직후에는 아무런 변화나 영향을 느끼지 못했다. 오히려 일본군이 남태평양에서 대승전을 해 의기양양해하던 시기였다. 2학년 때는 싱가포르 점령을 자축하느라 전교생에게 그때 그렇게 귀하던 흰 고무공 하나씩을 일본 천황의 이름으로 선물한 적도 있었다. 하지만 일본의 전세가 나빠지자 우리 같은 시골 사람들에게도 전쟁의 압력이 들어오기 시작했다. 무기를 만드는 데 필요한 철조각을 모으기 위해 학교에 있던 쇠로 된 깃대를 잘라 갈 정도였고 5, 6학년 학생들은 전쟁을 돕는 작업도 하게 되었다. 남태평양에서 기름의 원천이 막히자 비행기 연료를 만들기 위해 소나무의 죽은 가지(광솔)를 잘라서 바쳤고, 피마자유를 만들기 위해 학교 운동장을 파헤치고 피마자를 심었다. 퇴비를 더 많이 만든다 하여 들에 나가서 잡풀을 베어다가 퇴비장에 갖다놓는 등 상급반 학생들은 육체노동까지 해야 했다. 젊은 청년들에게는 징병에 지원하라는 압력이 들어왔고 징용으로 끌려나가는 사람들이 늘어났다. 우리의 3학년 담임선생님도 군인으로 끌려나갔다. 큰형님은 전쟁을 보조한다는 명목으로 징병을 보류해주는 철도국에서 일하기 위해 백 리나 되는 신막읍(新幕邑)에 가서 잠시 동안 일한 적도 있었다.

내가 다니던 초등학교의 교장선생님은 김병진(金炳軫) 선생님이었고 사모님인 차선생님은 2학년 담임선생님이었다. 교장선생님은 아버님의 마장 친구로 자주 집에 놀러오시곤 했다. 원래 간호사 출신으로 시골에 와서 교편을 잡은 차선생님은 2학년 때 처음으로 나를 급장에 임명해주셨다. 일본어를 다른 아이들보다 빨리 배우고 읽을 줄 알며 기억력이 좋다 하여 뽑아주신 것이었다. 1학년 말 학예회에서도 나더러 일본어로 안내와 환영인사를 하라고 하셨다. 그때부터 자신이 생겼고 이후로도 계속 급장 노릇을 했던 것 같다. 후에 교장선생님과 사모님은 더 좋은 곳으로 전근되어 가시고 후임으로 반노(番野)라는 일본인 교장이 왔다. 나머지 교사들은 모두 한국인이었다(돌이켜보건대 차선생님의 배려가 나에게 큰 영향을 준 것 같다. 서울대학교 의예과에 다닐 때 교장선생님 내외분이 서울에 사시는 것을 알게 되었다. 교장선생님은 당시 서울 남산초등학교에 계셨다. 대학을 다니며 여러 번 찾아가곤 했는데 그때마다 부모님을 대신해 나의 성공을 칭찬해주시곤 했다. 미국에 올 때 주신 자그마한 성경책 안에는 차선생님의 기도가 적혀 있다).

초등학교 4학년 때 또 한 분의 좋은 선생님을 모셨다. 우호길(禹虎吉, 일본어로는 우도禹東) 선생님이었다. 이분은 해주사범학교를 졸업하고 우리 마을에 오셨다. 내가 급장이기도 했지만 나한테 특별히 잘해주셨다. 아직 어린 나이에 부인과 같이 시골에 와서 셋방살이하는 것을 불쌍히 여긴 어머님이 이 젊은 선생님 부부를 특히 많이 도와주셨다. 아마 서울에서 중학교를 다니며 고생하던 작은형님이 생각나 더 잘해주셨을 것이다. 이분이 그 젊은 나이에 반일 애국정신을 가지고 계셨던 줄은 해방 후에야 알게 되었다. 한번은 우선생님의 부친께서 능리를 방문하셨는데 하얀 두루마기에 갓을 쓰신 것이 도시에 사는 사람으로서는 좀 촌스럽다고 생각되었다. 아마 반일정신의 표시였을 것이다.

해방이 되자 우선생님이 직원실로 나를 불렀다. 능리를 떠나기 전에 내게 줄 선물이 있다고 하시며 한국어 문법책을 한 권 주셨다. 그리고 이 책을 잘 공부해서 너도 못 배웠던 한국말을 빨리 배우라고 하셨다. 당신은 그 내용을 다 알고 있다면서 부친께서 이 책을 공부할 것을 강요했다고 하셨다. 부친은 한글학자로 일본 사람들을 아주 싫어하신다고 했다. 또 선생님의 고향은 황해도 해주 근처로 삼팔선 이남에 속하므로 앞으로는 서로 못 보게 될 가능성도 있다며, 주소를 적어주고 머리를 쓰다듬으면서 열심히 공부해서 성공하라고 격려해주셨다(그후 오랫동안 주소를 외우고 있었으나 이제는 잊어버리고 말았다).

1945년 8월 15일, 초등학교 5학년 때 일본의 무조건항복으로 조선은 해방되었다. 그때까지 집에서는 한국말을 했으나 학교에서는 일본말만 가르쳤고 일본말만 쓰게 했기 때문에, 한글은 쓸 줄도 읽을 줄도 몰랐다. 해방이 되고 나니 초등학교의 한국인 교사들은 모두 도망쳐버렸고 교장선생은 일본 사람이라 학생들에게 아무런 도움도 안 되었다. 다행히도 5학년 담임선생님이었던 원선생님이 학생들을 학교에 모아놓고, 처음으로 한국 노래를 가르치고 해방의 기쁨을 노래하는 시위행진을 하게 했다. 그때 불렀던 노래가 기억난다. "즐겁다 즐겁다 조선의 독립, 금수강산 삼천리 우리 집이며 조선민족 이천만 우리 형제다, 만세, 만세, 만세, 만세 만만세." 이 노래에 이어서 부른 노래가 또하나 있다. "삼천리반도 금수강산 하나님 주신 동산, 삼천리반도 금수강산 하나님 주신 동산, 이 동산에 할 일 많아 사방의 일꾼을 부르네, 곧 금일(今日)에 일하려고 누구가 대령을 할까, 일하러 가세 일하러 가 삼천리강산 위해, 하나님 명령 받았으니 반도강산에 일하러 가세." 현대 찬송가 371장과 거의 같다. 후에 알고 보니 원선생님은 신실한 기독교 가정 출신이었다.

그후 원선생님으로부터 처음으로 한글과 우리 표준말을 배우게 되었고 해방 육 개월 후에는 학교가 전국적으로 개학을 했는데, 불행히도 선생님은 폐결핵에 걸려 더 근무를 못 하고 세상을 떠나셨다. 원선생님은 이십대 중반의 젊은 교사로 면 소재지인 우리 동네에서 약 6킬로미터 정도 떨어져 있는 시골의 양반이었는데, 초등학교도 졸업하지 않고 당시의 교사 자격시험에 합격해 초등학생을 가르친 수재였다. 기독교의 영향으로 일찍이 애국정신을 지탱하고 한글도 공부했음을 알 수 있었다.

일본으로부터 해방되자 오랫동안 갈망하던 한국의 독립이 현실로 다가왔고, 우리는 모두 기쁨에 차서 흥분해 있었다. 하지만 그 기간은 아주 짧았다. 한반도는 위도 38도선을 경계로 남북으로 분리되었고, 북한에는 소련군이 남한에는 미군이 주둔하게 되었다. 그 결과 북한에는 소련 공산당의 영향을 받은 조선민주주의인민공화국이라는 공산체제의 나라가, 남한에는 미국식 자본민주주의의 영향을 받은 대한민국이 수립되면서 남북한은 전혀 다른 정치제도하에서 살게 되었다.

지옥에서 보낸 학창 시절

능리는 삼팔선 이북에 속했으므로 우리는 소련 공산당의 허수아비 정권 밑에서 살게 되었다. 북한에서는 더이상 살기 힘들어지리란 것을 안 우리 가족은 남하 계획을 세워, 1945년 가을에 형님 두 분이 외조부님이 사시던 개성과 서울을 방문해 상황 조사를 했다. 작은형님은 학업을 계속할 예정으로 서울에 남고 큰형님만 귀향해 남하를 준비하기로 했다. 실행 시기는 이듬해 봄이었다. 그러나 계속되는 불화의 실마리가 잘 풀리지 않아 결국 남하하지 못한 채 6·25전쟁을 겪게 되었다.

우리 가족은 오 년이라는 짧은 기간에 공산당으로부터 많은 핍박을 받았다. 우리 가족의 피해 정도와 그들의 만행을 여기에 자세히 기록하고자 한다. 그때 있었던 몇 가지 사건 때문에 어린 나의 가슴에도 공산당에는 협조할 수 없다는 생각이 깊이 새겨졌고 언젠가 복수를 하고 말겠다는 결심도 차차 굳어졌다. 이것이 바로 내가 불과 열여섯의 나이로 대한민국 국군에 자원입대하기로 결정했던 주원인이었다.

김일성 초상화와 초등학생

1946년 3월 1일이었다. 3·1운동 후 이십칠 년 만에 맞이하는 삼일절 기념식 날이었다. 현장을 목격하고 직접 참여한 어른들이 많이 모인 삼일절 기념 행사장에서 젊은 공산당 당수가 상부에서 시킨 대로, 3·1운동을 칭찬하지 않고 오히려 그 지도자들을 비판하는 연설을 했다. 3·1운동이 실패한 이유는 지도자들이 종교인이었기 때문이라며 소련의 10월혁명과 같이 노동자가 주축이 되었더라면 성공했으리란 것이었다. 해방 후 처음으로 삼일절을 기념하기 위해 모인 자리에서 지도자들을 비판한다는 것이 못마땅해 많은 군중이 반대 의견을 표시했고, 우리 아버님과 다른 한 분이 이를 대표해 반대 연설을 하셨다. 이것이 문제가 되어 두 분은 결국 반동분자라는 낙인이 찍혀 체포당한 후 각각 서홍형무소와 해주형무소에서 삼년형을 치르게 되었다.

그동안 큰형님 성근은 아버님을 석방시키기 위해 자발적으로 공산당 정당원까지 되었다. 그러나 오래지 않아 석방이 불가능하다는 것을 알게 된 형님은, 그 즉시 탈당해 천도교 청우당원이 됨으로써 공산당에 대한 불만을 노골적으로 드러냈다. 우리 가족은 악성 반동분자로 낙인 찍혔다. 우리는 언제 숙청당할지 몰라 언제나 보따리를 싸고 살았다.

숙청당하는 사람들에게는 입고 있던 옷과 휴대할 수 있는 재산만 허용했고 떠날 준비를 할 시간도 많이 안 주었기 때문이다. 숙청 대상자는 주로 지주나 친일파였고, 가장이 반동분자라는 판결을 받으면 가족 전체가 숙청 대상이 될 수 있었다. 다행히 지주로서의 숙청은 면했다. 우리가 가지고 있던 토지는 대부분 어머님이 시집올 때 외할아버님한테서 받은 것이었는데 어머님 이름으로 되어 있지 않고 외삼촌 이름으로 되어 있었기 때문이다.

아버님은 이후 몇 번의 재판을 받으셨다. 그때마다 큰형님이 금붙이 은붙이 등을 팔아서 이름 있는 변호사를 채용했고, 먼 거리(해주시나 서흥읍)에 있는 법정에도 거르지 않고 참석했으나 아무 소용이 없었다. 결국 삼년형을 마치고 나오셨다. 유명한 변호사들도 아무 소용이 없었다. 판사들은 공산당에서 하라는 대로 하는 허수아비일 뿐이었다. 어떤 사람들이 판검사가 되었는가를 들으면 믿어지지 않을 것이다. 진실한 공산당원이면 누구든 판사나 검사가 될 수 있었다. 우리 동네에서 머슴살이하던 무식한 젊은이가 하루는 판사의 정복인 곤색의를 입고 고향에 나타난 적이 있다. 그는 한글도 모르고 학교 문턱에도 가본 적이 없는 사람인데도 한글 공부를 하고 단기간의 훈련을 받아 검사가 된 것이었다. 공산당은 출신가정을 아주 중요시했으며 노동자 출신을 제일 좋아했고 소시민, 특히 상업하는 사람들을 제일 싫어했다. 농민 출신은 중간층이었다. 가정환경이 나빠서 공부를 못 한 사람들을 좋아했고 공부하고 판단할 수 있는 사람들은 꺼려하고 싫어했다.

아버님이 감옥에 가신 후로 공산당에 대한 증오는 커지기만 했다. 한번은 동네 여기저기에 설치되어 있는 투서함에다 '김일성 악마를 타도하자'라는 투서를 한 적이 있다. 또 한번은 길거리에 수없이 붙어 있는 김일성의 초상화에다 개똥칠을 했다. 며칠 후에 그런 일이 있었다는 소문이 돌기 시작했다. 어머님과 큰형님은 내가 했냐고 묻지는 않았지만 절대로 그런 일을 해서는 안 된다고 강조해서, 그후로 다시는 반복하지 않았다. 하루는 큰형님이 감옥에 계신 아버님 면회를 갔다 와서는 삐라나 투서에 대한 경고를 했다. "아버님이 너한테 절대로 삐라나 투서를 해서는 안 된다고 특별히 당부하셨다"는 것이었다. 아버님이 계신 방에 내 또래의 중학생들이 삐라를 뿌리다가 잡혀와 형을 살고 있다고 경고하곤 했다.

작은형님과 같이 서울에서 중학교를 다닌 사람들은 모두 인민학교나 중학교 교사가 되었다. 한 사람은 인민학교 교장선생님이 되어 나의 6학년 담임을 겸했다. 그래서 초등학교에 다니는 동안은 반동분자의 자식이라고 공개적으로 괄시받지는 않았다. 나는 계속해서 급장 노릇을 했고 또 소년단 단장 노릇도 했다. 우리 동네에서 중학교를 다닌 사람은 네다섯 명에 불과했고 전문학교나 대학교를 다닌 사람은 한 사람도 없었다. 심지어 공의(의사)선생님까지도 검정시험에 합격해 의사가 된 분으로 의학전문을 나온 분이 아니었다. 무엇보다 우리 동네에서 중학교 공부를 한 청년들은 열성 공산당원이 된 사람이 한 사람도 없었다. 실제로 공산당은 부유한 가정에서 자라 중학교까지 나온 사람들을 그렇게 환영하지 않았다. 그러니 학교 교사로 일하는 것이 가장 적합했다고 본다. 해방 후에 능리천 건너 사는 한 청년이 김일성대학교에 입학했다. 거의 서른에 이른 그는 초등학교를 졸업하고 면사무소에서 일했다. 그는 공산당의 열성당원이 되었다. 중학교를 다니지 않았기 때문에 김일성대학교 예과과정에서 일 년간 공부하고 본과에 들어가게 된 유일한 대학생이었다. 6·25전쟁이 일어난 후에는 소식을 못 들었는데 아마 인민군 장교가 되어 참전했으리라고 믿는다. 이렇게 공산당은 자기네가 양성한 사람들만을 좋아했다.

큰형님은 선견이 있는 분이었다. 형님은 아버님이 감옥에 가 계실 때 훌륭한 가장 노릇을 했다. 또 산간벽지에 살면서도 현대식 농업에 대해 많이 알고 있었다. 2차대전중의 일이었다. 큰형님은 시골에 살면서도 새로운 농사법을 사용해야 한다고 느끼고 과수원을 하나 만들었다. 그리고 수밀도라는 개량종의 복숭아와 시골에서는 맛보지도 못한 자두나무(북한에서는 추리나무라고 불렀다)를 개성에서 사다가 거기에 심었다. 팔기 위해서가 아니라 재미로 한 일이었다. 지주였던 우리는 부유한 편이어서 그런 것을 팔아야 할 처지는 아니었다. 형님은 도라지도 산에서 캐다 먹는 것보다는 밭에서 쉽게 캐다 먹을 수 있도록 백도라지 밭을 만들었다. 우리 고향 같은 산골에서는 볼 수 없는 일이었다. 또 산을 하나 사서 낙엽송이라는 꼿꼿이 자라는 나무도 심었다. 십 년쯤 후에는 그 나무를 수안읍에 있는 광산에다 팔 수 있다고 생각했기 때문이었다. 또 재래종 돼지를 기르지 않고 '바꾸샤(버크셔)'라는 영국 개량종을 사다 기르기 시작했다. '바꾸샤(버크셔)' 는 등살이 길고 크게 잘 자라는 돼지여서 살코기가 많이 나왔다.

재미로 해본 이런 일들이 아버님이 감옥에 계실 때 우리를 먹여 살렸다. 복숭아와 자두 농사는 의외로 수확이 많아서 팔고 나면 다른 농사 일 년 지은 것보다 더 나았다. 또 하나님이 도우셨는지 돼지도 새끼를 많이 낳고 병으로 죽는 경우가 드물어 많은 이익을 보았다. 불행히도 애써서 낙엽송을 심은 산은 나라에서 몰수해버려 이익이 되지는 않았다. 형님은 또 힘이 장사였다. 씨름 기술은 없었지만 힘으로 우승해 소 한 마리를 상으로 탄 적도 있다. 큰형님은 그렇게 일하기를 좋아했다. 잠시도 집에서 쉬지 않고 언제든지 뭔가 일을 하고 있었다.

'토마토' 곽교장

공산주의 북한은 면 단위로 중학교를 하나씩 세워나갔다. 중학교가 없던 우리 면에도 두 개가 생겼다. 남자들만 다니는 능리(초급)중학교와 여자들만 다니는 능리여자중학교였다. 그리고 교육제도를 바꾸어 인민학교(남한의 초등학교)는 오 년, 초급중학교와 고급중학교는 각각 삼 년으로 만들었다. 육년제 초등학교를 졸업한 우리들은 초급중학교 2학년으로 입학했다.

학교를 세우라고는 했으나 정부에서는 아무런 보조도 없었고 오로지 지방 주민들의 노력과 돈으로 만들어야 했다. 공산당원들은 남자중학교의 터로 우리 외척이 가지고 있던 밭을 몰수하고 그 자리에 학교를 지었다. 완전한 강제노동으로 주민들이 동원되어 산에서 재목을 찍어 오는 것부터 학교 건물 짓는 것까지 다 해야 했다. 동네 목수들은 창문 같이 기술이 필요한 부분을 맡아서 했다. 창문을 만들고 나니 유리가 없어서 유리창이 있는 집에 압력을 가해 기증하도록 했으나 시골에 유리창 있는 집이 많지 않았다. 그래서 건물 앞쪽의 창문에만 겨우 유리를 끼우고 뒤쪽의 보이지 않는 창문과 복도 창문들은 창호지로 발라버렸다. 또 좀 경사진 땅에 학교를 지었기 때문에 운동장을 평평하게 다시 골라야 했는데 이것은 학생들의 임무였다. 불도저 같은 것이 없었기에 주말마다 소년단이 동원되어 운동장 작업을 했다. 지금같이 바퀴가 달린 운반기구도 없어 높은 쪽 운동장의 흙을 삽으로 파서 삼태기에 담아 낮은 쪽으로 날라야 했기 때문에, 졸업할 때까지 이 년 동안 애썼으나 다 끝내지 못하고 후배들에게 인계했다. 여자중학교 건물은 예전에 몰수해놓은 창고를 개조해 교실로 만들었는데, 콘크리트 바닥은 교장 선생을 비롯해 교사진과 남학생들을 동원해서 다졌다.

중학교를 얼마나 만들었는가는 공산당의 좋은 선전자료가 되었다. 때문에 말이 중학교지 교사진 역시 중학교 졸업생이거나 그나마도 졸업하지 못한 사람들이었다. 전기가 안 들어오는 곳이라서 물리나 화학 같은 과목은 이론으로만 배우고 실습은 할 수 없었다. 외국어로는 러시아어를 배우게 되어 있었다. 다행히 러시아어 선생이 모자라서 시골 학교인 능리중학교에까지 러시아어 선생이 배당되지는 않았고 대신 영어를 일 년간 배웠다. 영어를 배웠다는 것보다도 배우기 싫었던 러시아어를 일 년은 안 배워도 된다는 것에 더 의미가 있었다. 영어 선생은 작은 형님의 친구였는데 겨우 중학교를 졸업한 사람으로 물론 영어 선생 자격이 없는 사람이었다.

중학교에서의 이 년은 지옥 같은 기간이었다. 능리중학교와 능리여자중학교의 겸임교장으로 온 사람은 곽종성(郭鍾聖)이라는 자였는데, 그는 공개적으로 나를 반동분자의 아들이라고 모욕하며 심하게 차별대우했다(당시 나의 부친은 반동분자로 몰려 해주형무소에 계셨다). 아이가 셋 있는 곽교장은 일제시대에 평양사범학교를 졸업하고 공산주의에 대한 책도 많이 읽었다는 진짜 빨갱이였다. 우리 집 바로 앞에, 외척으로부터 몰수한 집에서 살았는데 우리 어머님이 먹을 것도 많이 갖다주곤 했다. 그때 학교 선생들의 봉급은 아주 적어서 한 달에 쌀 두 말 살 수 있는 정도의 돈을 받았던 것으로 기억한다. 그러니 다섯 식구가 먹고 살기도 힘들 정도의 봉급이었다. 나에 대한 차별대우는 점점 심해져서 그는 내가 '전 5계단(straight A)'을 받지 못하게까지 했다. '인민'이나 '헌법'이라는 소위 교양과목을 맡은 곽교장은 나에게는 절대로 5점(A)을 주지 않았다. 그래서 전 5계단을 받는 학생들 축에 들지도 못하게 해 내 기를 죽이는 데 성공했다. 초등학교 시절 성적이 제일 좋아 언제나 급장으로 임명되곤 했던 나에게는 큰 모독이었다.

능리중학교가 생기기 전에 초등학교를 졸업한 많은 아이들은 중학교 진학을 못 하고 집에서 놀고 있었다. 제일 가까운 중학교가 사오십 리 떨어져 있었기 때문이다. 그래서 학교에는 나보다 서너 살 많은 아이들이 많았다. 능리천 건너 쪽에 있는 지석리 율계초등학교를 졸업한 학생들도 능리중학교를 다니게 되었는데, 그들 중 서너 명은 나보다 나이도 두세 살 많았고 공부도 잘했으며 모두 빨갱이 집안의 자식들이었다. 그들은 중요한 간부 직책을 다 차지하고 있었다. 때문에 능리초등학교를 졸업한 학생들은 급장이었던 나를 비롯해 소년단의 중요한 간부직을 다 뺏기고 말았다. 지석리 학생들에게 소년단 단장, 부단장, 분단장(급장에 맞먹는 직책)을 모두 맡기고 나에게는 소년단 서기의 직책밖에 안 주었다. 나는 차별대우로 완전히 무시당하고 있었기 때문에 교장선생이 더 미워졌고 공산당에 대한 증오는 늘어만 갔다.

소년단 총회 때 토론을 하라고 하면 나는 "말을 더듬어서 못 하겠다"고 사양하고 한 번도 '김일성 동무'를 찬양하는 토론을 해본 적이 없다. 아버님을 감옥에 집어넣은 악마들의 지도자 김일성은 죽어도 찬양할 수 없었다.

사실 나는 초등학교 6학년 때부터 말을 더듬고 있었다. 중학교에 와서는 더 심해져 사람들 앞에서 더듬지 않고는 말하지 못했다. 나도 모르는 사이에 그렇게 되었고 어린 나이에 이것이 나를 몹시 괴롭혔다. 수줍어 사람들 앞에 나서서 말하기를 즐기지는 않았지만, 군대에서는 말을 더듬지 않았고 대학 다닐 때도 마찬가지였다. 서울에서 대학을 다닐 때 말더듬이 고치는 학원에 등록하고 다녔는데 거기 선생님도 나는 계속해서 다닐 필요가 없다고 했다. 깊은 단전호흡을 하고 말을 시작하면 되겠다고 했다. 회고하건대 내가 말을 더듬기 시작한 것이 아버님이 감옥에 가신 후였고 중학교 때 제일 심했던 것으로 보아, 일부 원인은 심리적인 것이 아니었나 생각된다. 아무튼 말 더듬는 것 때문에 김일성을 찬양하는 토론을 한 번도 하지 않은 것은 잘된 일이었다.

우리는 곽교장 같은 사람들을 '토마토'라고 불렀다. 어떤 사람이 빨갱이냐 아니냐 하는 것을 나타내는 표현 방법의 하나였다. 토마토는 겉도 빨갛고 속도 빨갛다. 그래서 진짜 빨갱이라는 뜻이다. 어떤 사람은 '사과'라고 불렀다. 즉 겉으로는 처세하기 위해 빨갱이같이 행동하지만 속은 희다는 뜻이다. 어떤 사람들은 '수박'이라고 했다. 이런 사람들은 진짜 빨갱이같이 행동은 안 하지만 속은 빨갱이이니 조심해야 한다는 뜻이었다. 곽교장은 빨갱이 중의 빨갱이였다. 이 사람이 게거품을 물고 못생긴 이빨을 드러낸 채 흥분하며 연설할 때는 미친 사람 같았다.

아버님은 내가 초급중학교 3학년 때 감옥에서 풀려나셨다. 조용히 나오셨고 인사하러 온 사람도 그다지 많지 않았다. 공산당이 누가 인사하러 오는지 감시했기 때문일 것이다. 나는 그날 하루 종일 학교에서 공부하다가 집에 돌아왔다. 처음 아버님을 뵈었을 때는 할 말이 없었다. 그저 한참 울기만 했다. 그후로 아버님은 책이나 읽고 천도교 행사에나 참석하고 손자 녀석들 돌보며 조용히 지내셨다.

중학교를 졸업하기 몇 개월 전에 곽교장은 신막고급중학교 교장으로 승진, 전근되었다. 신막은 능리에서 백 리 정도 떨어진 서흥군의 군청

소재지로 경의선(서울과 신의주를 연결하는 철로)상의 주요 도시 중 하나였다. 중학교 교장을 이 년도 채 안 한 사범학교 졸업생의 승진이, 그가 얼마나 공산당의 신임을 받고 있었는가를 증명했다. 능리중학교를 떠나기 전 곽교장이 우리 졸업반에게 몇 번이나 반복해 말한 것은, 같은 군에 있는 고등학교나 전문학교 외에는 갈 수 없다는 것이었다. 나에게는 굉장한 걱정거리가 생겼다. 그 교장 밑에서 다시 지옥 같은 학교생활은 죽어도 못 하겠다는 생각이 들었다.

나는 새로 오신 교장선생님과 친해지려고 노력했다. 어느 지방 우체국에서 일했던 그분은 그런 규정을 모르고 있었든가, 아니면 곽교장이 거짓말을 하고 떠난 것이었다. 내가 반동분자의 아들인지도 몰랐고 공부도 제법 잘하는 축에 드니까 개인적으로 불러서 여러 가지 동네 사정을 물어보시곤 했다. 하루는 동네 지도를 하나 그려달라고 하셔서 아주 자세히 정성껏 그려드렸다. 큰 거리, 골목길, 도랑, 도랑의 다리, 주요 관청, 음식점, 교장선생님 사택, 학교 선생님들의 자택 등을 모두 포함한 자세한 지도였다. 굉장히 기뻐하셨다. 교장선생님은 나를 좋아하기 시작했고 전 교장과는 달리 공산주의에 대한 말씀도 많이 안 하셨다. 그래서 나와 내 제일 친한 친구 오동화(吳東華)는 다른 군에 있는 황주고급중학교로 입학 지원서와 추천서를 받을 수 있었다.

동화는 어려운 집에서 태어났으나 나처럼 반공사상을 갖고 있었다. 사실 그는 나보다 이 년 먼저 율계초등학교를 졸업한 뒤, 중학교 진학을 못 하고 집에서 놀며 능리 아이들을 몹시 괴롭히는 것으로 잘 알려져 있었다. 능리 아이들이 지석리 쪽 물 깊고 수영하기 좋은 곳에 갔다가는 어김없이 쌈쟁이 오동화로부터 봉변을 당하고 오기 일쑤였고, 나도 그를 무서워해 줄곧 피해왔다. 그러나 중학교를 같이 다니게 된 후부터는 제일 친한 친구가 되었다. 오동화는 고모가 황주에 살고 있었으므로 황주로 가는 것이 재정적으로도 유리했다. 그래서 우리 둘, 특히 나는 악마 같은 곽교장의 학교에 입학하는 것을 피할 수 있었다.

중학교를 졸업할 무렵 누님이 황주에 있는 인민병원의 간호사(당시에는 간호원) 조수로 취직했다. 보수적인 아버님도 두 가지 이유 때문에 이것을 허락하셨다. 첫째는 누님이 늑막염에 걸렸는데 결핵성일 가능성이 많았고, 민간인 신분으로는 결핵에 쓰는 항생물질을 구할 수 없었기 때문이었다. 동네 의사선생님이 며칠에 한 번씩 주사기로 흉곽에 고인 늑막염 액을 빼내곤 했으나 계속 물이 고였다. 아무래도 병원에서 일하면 그런 항생물질을 구할 수 있는 가능성이 많을 터였다. 둘째는 공산당 여성동맹에서 자꾸 나와서 일하라는 독촉이 심해져서였다. 집을 떠나 황주에 일하러 가면 두 가지 문제가 다 해결될 수 있었다. 특히 내가 학교를 다니게 될 황주에 있는 인민병원이었기 때문에 나한테도 아주 좋은 기회였다.

6·25전쟁이 일어나기 몇 년 전부터 정부는 각 마을의 공산당 당위원장을 비롯해 보안서장(경찰서장), 보안서원(경찰) 등을 다른 군이나 도의 사람으로 대체해버렸다. 우리 고향을 비롯한 황해도 도시 대부분에는 함경도 출신의 공무원이 배치되어 "출세를 하려면 함경도 사투

리를 써야 한다"고들 했다. 후에 알고 보니 함경도 사람들이 더 빨갱이여서가 아니라 알지 못하는 사이일수록 더 무자비하게 직책을 수행할 수 있기 때문이었다. 이후 남한에 내려와 함경도 출신 전우들한테 들은 바에 의하면, 함경도에서는 평안도 사투리를 쓰는 사람이라야 출세할 수 있고 중요한 국가공무원직도 수행할 수 있었다고 한다. 역시 공산당의 철두철미한 억압정책의 표현이었다.

인민군에 못 가겠습니다

황해도 황주고급중학교(이하 황주고등학교)에 입학한 것은 1949년 9월이었다. 황주고등학교는 새로 생긴 학교로 우리가 2회 입학생이어서 위에 일 년 선배가 있을 따름이었다. 공산당의 차별대우도 안 받고 아주 재미있게 공부할 수 있었다. 이듬해에는 6·25전쟁을 비롯한 많은 사건들도 일어났다.

개학 첫날 나는 교장선생님께 불려가서 내가 만든 한반도 모형지도가 최고상을 받았다는 칭찬을 받고 그 모형지도가 교장선생님 사무실에 걸려 있는 것을 보았다. 입학 허락을 받은 후 여름방학 동안에 미술작품이나 과학작품을 만들어 제출하라는 통지를 받고 한반도 모형지도를 만들어 보낸 것이었다. 어머님께 배운 재간이었다. 신문지를 끓는 물에 넣고 양잿물을 함께 넣어 끓이면 신문지가 다 풀어져서 흐늘흐늘해지고 하얗게 탈색된다. 이때 건더기를 건져 물로 잘 씻은 후에 풀과 같이 섞으면 요즘의 세공용 점토(play dough) 비슷하게 주무를 수 있도록 말랑말랑해지는데, 어머님은 이 방법으로 과일이나 마른 음식을 담는 용기를 만들어 사용했다. 나는 여기에서 한반도 모형지도를 만드는 법을 착안해냈다. 산맥은 높게, 평야는 평평하게 하고 큰 강은 파이게 했다. 해발고도에 따라 다른 색깔을 칠했다. 평야는 녹색으로, 강은 청색으로, 그리고 산은 고도에 따라 점점 진한 밤색으로 칠했다. 그 위에 철길과 도시를 표시하고 도 경계선도 그려넣었다. 명칭은 인쇄체 글자로 썼다. 이렇게 만든 모형지도 덕분에 첫날부터 교장선생님, 지리 선생님을 비롯해 여타 많은 선생님들이 나를 알게 되었다. 또 중학교 졸업시험 성적이 (곽교장이 전근을 가고 없었기 때문에) 전 5계단인 것도 알려져 시골에서는 처음으로 전깃불이 있는 읍에 공부하러 간 촌놈이 인정을 받게 되었다.

황주고등학교(황고)도 공산당의 학교 증축정책 결과로 생긴 학교였다. 공산당은 한 군에 고등학교에 해당하는 학교를 하나 이상씩 만들었던 것 같다. 황주고등학교는 예전에 일본 사람들이 쓰던 농업 실험장이었다고 한다. 교실이 한 건물 안에 모여 있지 않고 여기저기 하나 둘씩 떨어져 있었는데 옛날에는 실험실이나 창문 달린 창고였던 것 같다. 창문틀이 잘 맞지 않았고 심지어 교실문도 잘 여닫히지 않았다. 바닥은 시멘트로 되어 있었는데 여기저기 흙으로 메운 자국이 있었다. 소위 강당이라는 건물은 창문 몇 개밖에 없는 큰 창고였다.

학교 주변에는 사과나무가 많아서 이곳이 한때 사과로 유명했던 황주임을 상기시켰다. 황주 '국광(國光)'은 중국을 비롯해 해외에 수출도 많이 했다고 한다. 해방 후 황주의 사과 농사는 차차 몰락했다. 필요한 농약을 구할 수 없어서였다고 한다. 학교 언덕에서 내려다보면 황주농업전문학교가 보였고 그 뒤로는 경의선 철로와 길게 놓인 철교도 보였다. 황주농업전문학교(농전)는 일제시대엔 황주농업학교였다고 한다. 그 학교는 벽돌로 지은 커다란 삼층 건물이었고 운동장도 제대로인 것이 우리에게는 마냥 부러웠다. 황고와 농전의 축구 시합이 있을 때는 언제나 농전 운동장에서 했다. 우리 학교에는 쓸 만한 운동장이 없기 때문이었다. 그러나 모든 것이 중학교 때보다는 나았고, 전깃불이 들어오는 읍에서 반동분자의 아들이라는 차별대우를 안 받고 공부할 수 있어 얼마나 좋았는지 모른다. 공산주의 교육제도에 의하면 고급중학교와 전문학교는 초급중학교를 마치고 가는 동급의 학교였다. 고급중학교 졸업생은 대학 진학이, 전문학교는 (남한의 기술고등학교와 비슷해) 기술자 양성이 목적이라는 것만 달랐다. 전문학교를 졸업한 후에는 국가가 정해주는 직장에서 일해야 했다.

나는 기숙사에서 살게 되었다. 기숙사에는 십여 개의 방이 있었다. 한 방에 네 명의 학생이 살았는데 일 년 선배가 실장이었다. 기숙사에 난방장치가 없어서 겨울에는 언제나 두꺼운 이불을 푹 뒤집어쓰고 잤다. 잘 때 얼굴 전체를 이불로 덮지 않으면 코가 어는 것 같았다. 황주의 겨울은 꽤 추웠다. 게다가 학교 기숙사는 작은 언덕 위에 있어서 겨울에는 유난히도 바람이 불었다.

한창 자라는 나이였던 나는 언제나 배가 고팠다. 집에서 돼지비계는 먹지도 않았는데, 배가 고프니 콩알만한 비곗덩어리가 한 점이라도 더 떠 있는 국그릇이 내 차례에 오기를 바라게 되었다. 밥그릇도 밥이 좀 많아 보이는 그릇이 내 차례에 오기를 기대했다. 누룽지를 얻어먹을 수 있는 기회를 늘리려고 취사장 아주머니한테도 깍듯이 인사하곤 했다. 내가 늘 배고프게 지내는 것을 안 동화는 이따금 점심 도시락을 하나 더 가져오든가 도시락 절반을 덜어 내게 나누어주곤 했다. 우리는 고급중학교 1학년 때부터 군사훈련을 받았다. 군사훈련을 받은 날은 배가 더 고팠다. 학교에는 인민군 소좌(소령)가 군사훈련 담당으로 배치되어 있었다. 그가 기숙사 옆 사택에 살았기 때문에 기숙사생들은 군사훈련 정기과목 외에도 아침 일찍 일어나서 구보를 해야 하는 경우가 잦았다.

누님도 1949년 9월부터 황주인민병원에서 간호사 조수로 일하게 되었다. 누님은 병원이 제공하는 방에서 자취를 하며 병원 구내에서 살았다. 주말에는 인민병원에 자주 찾아간 덕분에 황주 '인민식당'에서 냉면도 얻어먹을 수 있었다. 그때 냉면의 진미를 알게 된 것 같다. 박봉이었지만 배고파하는 나를 일시적으로나마 만족시켜주려는 누님의 사랑이었다. 또 주중에 누님을 찾아가면 의사선생님들을 만나뵐 기회도 생겨서 병원의 모든 의사선생님이 내 존재를 알 정도였다. 이것이 훗날 인민군을 피하는 데 큰 도움이 되었다.

내 가정실태를 모르는 황주군에서 차별대우 안 받고 공부하게 되니

신이 났다. 열심히 공부해 1학기 시험 결과, 1학년 전체에서 여덟 명의 전 5계단 그룹에 들었다. 처음에는 촌놈 취급하던 황주읍 학생들도 훨씬 친절히 대해주는 것 같았고 민주청년위원회 분회(우리 반)의 조직부장으로도 임명되었다. 토론은 말을 더듬는다는 핑계로 계속 피했다.

나와 비슷한 촌놈 중에 전 5계단을 받은 시골 친구 조정우(趙鼎禹)와도 가까워졌다. 우리 반의 선전부장으로 임명된 조정우는 황주읍 소방대에서 근무하는 형님과 방을 한 칸 빌려서 하숙하고 있었다. 나보다 키는 컸지만 나만큼이나 운동신경은 무딘 친구였다. 주말이면 같이 산책도 자주 하고 추운 방에서 한이불을 쓴 채 속닥거리며 지냈다. 점점 친밀감을 느꼈으나 언제나 경계를 늦추지 않았다. 말하는 것을 듣건대 시골에서 꽤 잘살던 집안 같으나 형님이 소방대에서 일한다는 사실이 좀 꺼림칙했기 때문이었다. 종래 우리는 서로의 정체를 드러내지 않고 지내다가 6·25전쟁 이후 여름방학을 마지막으로 헤어지고 말았다(후에 조정우에 대한 이야기가 더 나온다).

고등학교에 다니면서는 앞으로 어느 대학에 진학해 어떤 직업을 가질 것인가를 자주 생각해보았다. 나 같은 가정성분으로는 김일성대학교에 입학하지 못할 것이 확실했다. 문과보다는 과학이나 기술 계통, 즉 의과나 공과가 마음에 들었고 김일성대학교는 아니라도 성적만 좋으면 다른 대학은 가능하리라 생각했다. 또 황주인민병원에서 목격한 바와 같이 의사는 공산당 정권하에서도 별다른 압력을 받지 않고 처세할 수 있다는 것을 느꼈다. 공산당원들도 언젠가 자기의 생명을 구해줄

지도 모르는 의사들에게는 심하게 대하지 못했다. 그래서 공과대학보다는 의과대학에 더 흥미를 갖게 되었다. 그리고 의사들은 매일 아침 있는 독보회(讀報會)에 참가하지 않아도 된다는 것을 누님한테 들었다. 북한의 모든 기관, 학교, 공장 등에서 아침 일과는 늘 독보회로부터 시작되었다. 독보회는 김일성 정부의 말들을 신문을 통해 읽고 찬양 토론을 하고 이를 계속 반복해 기억하도록 하는 의식이었다. 특히 김일성의 말은 성경 말씀같이 중요시하고 언제나 기억하고 있어야만 했다.

1949년 말부터 우리는 무슨 일이 일어날 것을 예감하고 있었다. 황주고등학교 언덕에서 내려다보이는 경의선 철도에 수상한 일들이 자주 벌어지고 있었기 때문이다. 남쪽으로 가는 화물열차들이 무엇인가 가득 싣고 보이지 않도록 덮은 채 남쪽으로 내려갔다가 돌아올 때는 반드시 빈 차로 돌아오는데, 이런 현상이 한동안 계속되더니 1950년 봄에는 대포, 탱크, 트럭 들을 싣고 덮지도 않은 상태로 남행해서는 빈 차로 평양에 돌아오곤 하는 것이었다. 친한 친구들 사이에는 전쟁이 일어날 것 같다는 말이 돌았다. 조정우도 그렇게 생각한다고 했으나 나는 대꾸하지 않았다.

6월 25일, 새벽 일찍 학교 측에서 기숙사에 사는 우리들을 깨우고 특별방송이 있으니 라디오가 있는 직원실로 와서 들으라고 지시했다. 방송에서는 처음에 "남조선의 괴뢰군이 삼팔선 이북으로 침범해들어와서 용감한 인민군 병사들과 싸우고 있다"고 보도했다. 약 한 시간 후에는 "용감한 인민군이 남조선의 괴뢰군을 삼팔선까지 몰아냈다"고

보도했다. 몇 시간 후에는 "불법 침략을 한 이승만 괴뢰정권의 국방군을 타도하기 위해 인민군 용사들이 서울을 향하여 전진중"이라고 했다. 나와 친구들은 이 보도를 그대로 믿지 않았다. 공산군이 오래전부터 전쟁 준비를 해온 것을 목격했기 때문이었다. 며칠 후 나를 포함한 민주청년단(민청) 간부들이 교장실로 불려갔다. 교양주임과 교장선생은 지금이 애국심을 표현할 때라며 인민군에 지원하라고 압력을 가했으나 지원자는 아무도 없었다. 북한의 학교에는 교장선생 밑에 교무주임과 교양주임이 있었는데, 교양주임은 남한의 학생과장과 같은 역할을 했으나 진짜 빨갱이어야 했다.

전쟁이 일어나기 한 달쯤 전의 이야기다. 어디에서 전화가 왔다기에 직원실로 가서 전화를 받았다. 학교에 전화기가 딱 한 대 있는데 그것이 직원실에 있었다. 그쪽은 정치보위부라며 전화가 왔다는 말을 아무한테도 하지 말고 그날 오후 다섯시 삼십분에 정치보위부로 출두하라고 명령했다. 정치보위부는 미국의 CIA나 소련의 KGB에 해당하는 기관이었다. 하늘이 무너지는 것 같았다. 가정성분을 속이고 황고에 다닌 것이 탄로났다는 생각에 너무 걱정이 된 나머지, 그길로 인민병원에 가서 누님에게 먼저 알린 후에야 정치보위부로 갔다. 황주읍 십자거리에서 얼마 멀지 않은 곳으로, 높고 붉은 벽돌담 뒤에 숨어 있는 큰 건물이었다. 그 벽돌담에 나 있는 조그마한 나무문을 통해 들어갔더니 그들은 내가 누구인지 벌써 알고 있었다.

김희길 대위의 사무실로 안내되었다. 가슴이 더 두근거렸다. 걱정하고 있던 것과는 달리 그는 내가 공부를 열심히 하는 모범생이고 민청 간부라는 것을 알고 있다며, 그 때문에 나를 불렀다고 했다. 내 임무는 나와 접촉하는 사람들, 즉 모범생, 민청 간부, 학교 교사 들이 하는 말을 잘 들었다가 정부나 정치에 관계되는 발언을 보고하는 것이었다. 힘든 일인 줄은 알았으나 걱정하던 일은 아니었다. 그제야 맥박이 가라앉는 것을 느꼈다. 앞으로는 매주 금요일 오후 다섯시 삼십분에 옆문을 통해 들어와야 하며 만약 사정이 있어서 그 시간에 올 수 없을 경우에는 다음 주 같은 시간에 오되, 절대로 다른 날에 와서는 안 된다고 했다. 또다른 정보원과 마주쳐 얼굴을 알게 되는 일을 막으려는 것이었다. 더 놀라웠던 사실은 보름 후에 누님을 불러서 똑같은 임무를 주었다는 것이다. 그러니 정치보위부의 정보원이 얼마나 많았겠는가 쉬이 짐작할 수 있다.

서로 감시하고 의심하며 사는 사회, 누구한테도 마음 놓고 말할 수 없는 사회가 공산주의 사회다. 이런 정보원은 사회 각층을 다 감시하기 위해 만든 제도였기 때문에 공부를 못하는 아이들 중에도 있었고 누가 정보원인지 짐작할 수도 없었다. 나는 빨갱이 민청 간부들이 하는 말을 몇 가지 보태어 써냈고 한두 번은 시간이 안 맞아서 못 가는 것으로 핑계를 댔다. 공산주의 헌법에도 언론의 자유를 보장한다고 되어 있다. 그러나 언론의 자유는 정부 시책을 어떤 방법으로 실행할 것인지를 논할 자유이지 그것을 반대할 자유는 아니었다.

6·25전쟁이 일어난 지 얼마 되지 않아 어머님이 백 리나 되는 황주까지 하루 종일 걸어오셨다. 전화나 다른 방법으로는 알릴 길이 없어

서였다. 집안에 큰 문제가 생겨 이를 의논하기 위해 오셨다는데, 능리의 보안서에서 큰형님을 체포해 갔다는 놀라운 소식이었다. 보안서에 가서 물어보니 놈들은 체포한 일이 없다며 부인했다고 한다. 누님이나 내가 뭔가 할 수 있어서가 아니라 누구에게든 이 속상한 마음을 털어놓고 싶어서 오신 것이었다.

놈들은 전쟁이 일어나자 후방에서 문제를 일으킬 가능성이 있는 사람들은 미리 체포, 감금했다. 우리는 서로 울고만 있었다. 큰형님은 아버님이 감옥에 계시던 삼 년 동안 우리 집안을 훌륭하게 이끌어간 가주(家主)였으며 부정의한 사람들과 타협할 줄 모르는 분이었다. 내가 마지막으로 집에 갔다가 학교로 돌아오는 날이었다. 큰형님도 마침 나무를 하러 가느라 지게를 지고 나와, 중학교 앞에 있는 도살장까지 같이 걸어와서 헤어졌다. 그때 형님은 "이놈들의 세상이 빨리 끝나야 하는데. 먼 길을 또 걸어야 하겠구나. 공부 열심히 잘해라. 네가 공부만 잘하면 나는 똥 구루마를 끌더라도 너를 대학에 보내주겠다"고 말했다. 그러고는 도살장 골짜기 길로 올라갔고 나는 황주를 향해 걸었다. 걷다가 뒤를 돌아보면 형님도 나를 보며 손을 흔들었다. 그것이 형님과의 마지막이 될지는 꿈에도 몰랐다(지금도 나는 그때만 생각하면 불쌍한 형님이 떠올라 자주 눈물을 흘리곤 한다). 어머님은 인민군에 절대로 뽑혀나가서는 안 된다고 말했다. 나 역시 죽어도 인민군에는 안 나간다고 결심했다. 어떻게 내가 원수 놈들을 위해 싸울 수 있겠는가!

전쟁이 일어난 지 한 달쯤 되는 어느 날 민청 총회가 열렸고 다 같이 인민군에 지원할 것을 종용받았다. 민청 회장과 몇몇 주요 간부들이 인민군 지원을 주제로 토론한 후 결정서를 통과시키기 위해 가부를 물었다. 찬성하는 사람은 손들라고 하니 손드는 사람이 별로 없었다. 당황한 교양주임이 (의장도 아닌데) 일어나서 "그러면 반대하는 사람은 손을 들라"고 하니 또 아무도 손드는 사람이 없었다. 인민군 지원은 '만장일치'로 통과되었다. 이어서 밖에 대기하고 있던 몇 대의 트럭이 학생들을 반별로 싣고 황주인민병원으로 데려가 신체검사를 실시했다.

학부형들은 무슨 일이 일어나는지도 모르고 있었다. 누님은 평소 이런 일을 예측하고 친하게 지내던 젊은 여의사의 도움을 받아 내가 페디스토마로 치료를 받고 있다는 기록을 남겨두었다. 실제로 그 때문에 주사를 맞고 있기도 했다. 우리 고향에서는 아주 흔한 기생충병으로 냇가에서 잡은 가재나 게를 잘 익히지 않고 먹어 걸리는 병이었다. 누님은 인민군에서 이런 환자를 원하지 않는다는 것도 알고 있었다. 이렇게 하여 나는 그날 신체검사에 쉽게 불합격할 수 있었다. 곧 여름방학이 되어 인민군에 차출되지 않은 학생들은 모두 집으로 돌아갔다.

1950년 8월 말경이라고 생각된다. 방학 때 능리에 내려와 있는 사이 누님이 집에 다녀가려고 버스를 탔는데, 같은 버스 앞자리에 낯선 황주고등학교 학생 한 명과 선생님 같은 한 분이 타고 있었다. 그들이 하는 말을 듣자니 나를 데리러 우리 집으로 오고 있다는 것이었다. 누님은 학생들을 모아 신체검사를 시킬 계획임을 눈치챘다. 황주에서 우리 집까지는 버스로 칠십 리를 오고 나머지 삼십 리는 걸어야 했다. 누님은 그들을 피해 버스 종점에서 내렸고, 그들이 점심식사를 하러 들어간 사이 밥도 먹지 않고 뛰다시피 해 훨씬 먼저 집에 도착했다. 그리고 오자마자 어머님께 빨리 뒷동산에 가서 할미꽃 뿌리를 캐오라고 했다. 캐온 할미꽃 뿌리를 짓눌러 내 손가락 사이에 넣고 붕대로 감았다. 얼마 있어 감은 자리가 쑤시기 시작하더니 물집이 생겼다. 그들이 우리 집에 도착했을 때, 나는 이미 그 물집 위에 옴에 바르는 꺼먼 고약을 바르고 붕대를 감고 있었다. 옴은 전염병이기 때문에 인민군에서 뽑지 않았다. 이렇게 나는 다음주에 있을 신체검사에 대비할 수 있었다.

아직 한 가지 큰 걱정거리가 남아 있었다. 속이고 있던 가정성분과 소속 정당, 또 우리 집이 천도교 청우당 본부라는 사실이 드러나게 된 것이었다. 그날 우리 집을 방문했던 친구 조정우와 경제지리 선생님이 이 사실을 상부에 보고할지도 몰랐다. 두 사람을 잘 대접하고 다음 날 셋이 같이 황주로 돌아왔다. 조정우도 이 선생님도 내 가정배경에 대해서는 전혀 물어보지 않았고, 며칠이 지나도 별 문제가 없는 것으로 보아 아무한테도 말하지 않은 듯해서 마음이 좀 놓였다. 조정우가 내 정체를 폭로하지 않은 것에 대해 감사했고 한층 친밀감을 느꼈으나 여전히 속을 털어놓고 말할 수 없는 입장이었다. 이렇게 중고등학생들까지도 서로 감시하고 경계하며 살아야 하는 사회가 공산주의 사회였다.
나머지 학생들이 학교로 돌아오기를 기다리는 동안에 학생 모임이 여러 차례 있었고 그 모임에서 한국 가곡 몇 곡을 배웠다. 그중 하나가 "해는 져서 어두운데 찾아오는 사람 없어……" 하는 노래였다. 처음 들어보는 아름다운 노래로 눈물이 날 정도였다. 공산당이 못 부르게 한 우리나라의 가곡이었다. 우리는 인민군이 대구 북방 이후로는 더 전진하지 못하고 많은 피해를 입고 있음을 짐작했고, 공산주의의 종말이 가까워온다는 것을 느끼고 있었다. 그래서 인민군에 뽑히더라도 도망칠 각오는 이미 되어 있었다.

드디어 결정적인 날이 왔다. 모두 인민병원으로 인솔되었고 신체검사에 이어 사상검사가 있었다. 합격한 학생들은(물론 거의 다 합격했지만) 병원 앞에 대기하고 있던 트럭으로 사리원(沙里院)까지 가서 거기서 직접 군에 입대시키는 모양이었다. 누님은 얼마 전 간호사 시험에 합격해 정식 간호사가 되었고, 멀리 떨어진 황해도 송화군 모나지 광산에서 파견 근무중이라 황주에 없었다. 많은 국민들이 그곳에 가서 강제노동을 해야 했다. 누님은 가기 전에 병원 의사선생님들에게 나를 부탁했다. 나는 옴 때문에 신체검사에서는 확실히 떨어졌을 터였다. 그러나 눈알이 빨개져 날뛰는 미친놈들이 최후의 발악을 하고 있는 꼴을 보니 겁이 나기보다는 오히려 도전하고 싶은 용기가 생겼다. 이제 놈들의 세상이 얼마 남지 않은 것같이 보였다. 정체를 드러내서라도 하고 싶은 말을 하여 사상검사에도 떨어지고 싶었다. 사상검사는 정치보위부에서 나온 사람과 우리 학교의 빨갱이 교양주임이 맡았는데 나는 교양주임에게 걸렸다. 그는 내가 우리 반의 조직부장이니 쉽게 대답이 나오리라 보고 "너는 조국을 위해 인민군에 가지?" 하고 물었다. 나는 정색을 하고 "못 가겠습니다"라고 대답했다. 그는 의외의 대답에 놀라 좀 주저하더니 소리를 높이며 왜 못 가느냐고 물었다. 나는 친척들이 대부분 남조선에 살고 있고 친형님도 서울에 살기 때문에 동족상쟁의 전쟁에는 참가하지 못한다고 대답했다. 그는 소리를 더 높여 민청 간부 중에 나 같은 놈이 있는 줄은 몰랐다며 "너 여기 기다리고 있어" 하더니 정치보위부 사람을 부르러 갔다.

나는 즉시 그곳을 뜨지 않으면 안 된다는 생각과 함께 반사적으로 창문을 열고 인민병원 뒷마당으로 뛰어내렸다. 뒷마당에서 일하고 있던 병원 식모 아주머니에게 누님한테 기회 나는 대로 내가 인민군에 안 나가고 도망친다고 전해달라 부탁하고는 무작정 달리기 시작했다. 기숙사에 보잘것없는 소지품이 몇 있었으나 거기 갔다가는 잡힐 것이 분명해 그대로 집을 향해 백 리 길을 떠났다. 열 시간쯤 걸리는 거리였다. 어느 시골 음식점에서 저녁을 사 먹고 밤중에도 계속 걸었다. 이 험한 산골길은 실제로 호랑이도 나온다는 길이었으나 돈이 없었을 뿐만 아니라 도중에 여인숙도 없어서, 그저 집을 향해 걷는 것 외에는 별도리가 없었다. 다행히 달이 밝아 길은 잘 보였다. 혼자 식은땀을 흘리며 집에 돌아온 것은 밤 열두시를 넘긴 시간으로 내가 오는 것을 본 사람은 아무도 없었다.

집에 돌아온 후로 안방의 옷장들을 좀 끌어내고 그 뒤에 숨어 한동안 밖에도 못 나가고 살았다. 9월 말경부터 북쪽으로 후퇴하는 인민군 패잔병들이 동네를 지나가며 밥을 구걸했는데, 그들은 인민군이 어떻게 패전해 후퇴하는지 서슴지 않고 말했다. 무기도 안 가지고 있었고, 인민군에 복귀하지 않고 각자의 집으로 돌아가는 길이라고 했다. 이때쯤 인민군을 피해 산에 숨어 있던 동네 청년들도 하나 둘 집에 돌아오기 시작했는데 보안서원도 그들을 굳이 체포하려고 하지 않았다. 자기들도 곧 도망쳐야 한다는 것을 알아차린 모양이었다.

동네에 국군이 들어오기 이삼 일 전, 미군 비행기의 폭격과 기관총 사격이 있었다. 옷장 뒤에 숨어 있던 나는 신이 났다. 구석에서 나와 이쪽 창문, 저쪽 창문으로 왔다갔다하면서 신나게 폭격을 구경했다. 폭탄이 작은 초가집을 한 채 파괴했다. 우리 집도 기관총탄을 두 발이나 맞아 지붕의 기와가 깨졌다. 그래도 신이 났다. 맞으면 즉사하는 줄 알면서도 숨어만 있기에는 너무 신나는 일이었다. 노동당 본부를 폭격했으면 하고 기대했으나 그런 일은 일어나지 않았다.

국군은 10월 16일 저녁에 우리 동네로 들어왔다. 우리는 소리 높여 만세를 불렀다. 맨 앞에서 태극기를 날리며 들어오는 지프차 뒤로 트럭에 탄 국군들이 연달아 나타났다. 많은 시민들이 나와 환영했고 어디서 구했는지는 몰라도 태극기가 꽤 많이 펄럭였다. 사라진 지 삼사 년이나 되었는데도 말이다. 인민군 차출을 피하려고 산에 숨어 지내던 동네 젊은이들도 수염을 기른 채 소총을 가지고 시내로 돌아와서 국군을 맞이했다. 국군들이 다시 일선으로 나가자 동네에서는 자치위원회를 조직해 지방 치안을 유지하게 되었다. 청년들의 조직은 자위대라 하고 동네 어른들과 자위대 간부들로 구성되는 자치위원회도 조직해 아버님을 회장으로 선출했다. 자위대는 자치위원회의 허락을 받고 몇몇 인민군 장교들과 (우리 동네 사람이 아닌) 민간인 빨갱이들을 총살했다. 나도 나이는 어렸지만 큰형님의 원수를 갚고자 자위대에 들어갔다. 아버님도 어머님도 반대하지 않았다.

국군이 들어와 모두들 기뻐하던 기간은 육칠 주였다. 우리에게 이 기간은 희망과 절망이 얽힌 기간이었다. 산에 숨어 있던 청년들, 인민군에 뽑혀갔던 청년들 모두 집으로 돌아왔다. 월남했던 고향 청년들도 국군이나 미군을 따라 귀향했다. 그렇게 바라고 바라던 공산당으로부터 해방되는 날이 왔지만 우리 가족은 슬프기만 했다. 큰형님은 정치보위부에 잡혀간 뒤로 아무 소식이 없고, 서울에서 공부하던 작은형님도 아직 고향에 돌아오지 않았기 때문이었다. 황주에서 일하던 누님에게도 아무 소식이 없었다. 그때는 편지도 전화도 안 되는 때였다. 들리는 소문에 의하면 놈들이 후퇴하면서 해주형무소 문을 잠근 채 불을 지르고 도망갔다는 말도 있었다.

저녁상에 앉아 하루는 어머님이 이렇게 말씀하셨다. "우리는 삼남 일녀를 두고 이 지방에서 제일 복 받은 집안이라고들 했는데 이게 무슨 꼴이냐? 이제 막내 너 하나만 남고 나머지는 살았는지 죽었는지 모르겠구나." 아버님도 형수님도 나도, 할 말이 없었다. 그때 나는 이제 혼자밖에 안 남았으니 원수를 갚을 사람도 나밖에 없음을 절실히 느끼고 있었다.

제2부

소년병의 일기

고향을 떠난 지 거의 한 달. 쓸쓸하고 호젓한 일선에서 새해를 맞게 되어 감격과 눈물 때문에 잠을 이루지 못했다. 밤 열두시 삼십분에 별안간 출동명령을 받았다. 우리 소대는 동두천과 덕정리 간의 도로를 수색하라는 임무를 받고 출동했다. 덕정에서 다시 동두천으로 돌아왔을 때, 아군은 이미 포위된 상태였다. 우리는 즉시 수색을 중지하고 허둥지둥 남쪽으로 탈출해 간신히 덕정리에 다시 돌아왔다. 저녁녘에 다시 후퇴하는 행군열에 끼어 트럭을 타고 의정부를 경유, 한강을 도강해 광나루에 도착했다.

전쟁의 폭풍 속으로

1950년 12월 6일

어제부터 밀려들기 시작한 피란민의 떼! 도대체 어찌 된 셈판인지 알 수가 없다. 그들의 말을 들어보면 국군이 힘에 밀려 후퇴하는 것 같기도 하나, 국군장교들은 이 후퇴가 일시적인 것이며 작전상 원자탄을 쓰기 위한 것이라고 했다. 어젯밤 민간인 소개(疏開)에 대한 좀더 자세한 내막과 전반적인 상황을 알아보려고 자위대 본부에서 자면서 국군장교들과 자위대 간부들 간의 대화를 들었다. 집에 주둔하고 있던 헌병장교도 부모님께 같은 말을 했다고 하니 믿을 수밖에 없다. 이제 피란민 무리도 다 사라지고 텅 빈 시내 거리가 어쩐지 공포를 일으킨다. 오늘 아침에 출발한 가족을 생각하니 나를 기다릴 것도 같다. 인사의 말도 제대로 못하고 이별한 것이 후회되기 시작한다.

날이 저물자 동네가 텅 비었다. 남아 있는 사람은 빨갱이로 몰릴 수도 있기 때문인지 모두 떠났다. 어쩐지 무서운 느낌이다. 저녁녘에 집을 보러 갔다. 겁이 나서 소총을 앞에 들고 무슨 일이 생기면 쏘겠다는 각오로 한 발자국씩 조심스럽게 대문을 열고 들어갔다. 바깥채에는 아무도 없었다. 중문을 열고 마당으로 들어가 사방을 훑어보았다. 안방에도 들어가보았다. 신을 신은 채로 들어가보았다. 모든 것이 가족이 떠날 때 그대로인 것 같았다. 정말 다시 돌아올 수 있는 집인가? 마음이 서글프고 아파왔다.

몹시 불안하여 잠이 오지 않는다. 가족과 같이 피란을 갈 것을 잘못했나 하고도 생각해보나 이미 늦은 일이다. 며칠 후 다시 고향에 돌아왔을 때, 단체행동을 한 것이 개인행동을 한 것보다 더 버젓하겠다 하고 위로해본다. 우리 자위대원은 여기 남아서 고향을 방위하기로 했다. 만약 우리마저 철수하면 이같이 억울한 일이 어디 있겠는가 하고 생각해본다.

우리 집은 능리에서 제일 신식 집이었고 또 제일 큰 집 중 하나였다. 대문에서 안채까지 꽤 떨어져 있었고 들어가는 길에는 큰 나무가 세 그루나 있어서 여러 가지 꽃과 열매를 맺었다. 바깥채에는 소작인의 가족이 살았으나 후에는 천도교 청우당의 사무실로 썼다. 바깥채와 안채 사이에는 나무판자로 만든 울타리가 있었고 중문이 있어 잠글 수도 있었다. 안채는 높은 기와집으로 서울에서나 볼 수 있는 최신식 집이었다. 기역 자형 집 중간에는 큰 마루방이, 방 앞에는 복도가 있었고 유리로 된 방풍용 미닫이 겉문이 여러 개 있었다. 가정집으로는 유리 창문이 제일 많은 집이었다. 이 신식 건물 옆에 재래식의 키 낮은 기와집이 있어서 그 안에 (곡식을 저장하는) 광과 창고와 또 목욕탕이 들어서 있었다. 우물과 재래식 화장실은 중문 밖에 있었다. 집 뒤쪽 울타리에는 작은 문이 하나 있어 주로 가족이 드나들었다.

오십여 년이 지난 지금, 이날을 생각해본다. 12월 6일, 나의 일생에 잊어버릴 수 없는 원한의 날이다. 자위대 본부에 있다 점심때가 다 되어 피란 준비를 하는 가족을 떠나보내기 위해 집으로 돌아왔다. 마침 친지의 우차에 짐을 싣고 그들과 같이 떠나려던 참이었다. 어머님, 아버님, 누님, 형수님과 두 조카가 우차에 타고 있었다. 찬바람을 막으려고 한쪽에는 짐을 쌓고 또 큰 이불을 두르고들 있어서 추위를 꽤 막을 수 있을 것 같았다. 누님은 황주에서 일하다 늦게야 교통편이 있어 귀가했다. 며칠 후 다시 만날 사람들 같이 거저 보통으로 인사하고 헤어졌으나, 마음 어딘가에는 큰 불안이 가득 차 있었다. 내가 결정한 일(자위대와 같이 행동하기로 한 일)이 잘하는 것인지 잘못하는 것인지 도저히 알 수가 없었다. 마음속에 다가오는 이 미지의 세계가 무엇인지를 알 수가 없었다. 그것이 마지막 이별이 될 줄은 더욱 몰랐다. 크게 허리를 굽혀 절을 하지도 않았고, 손을 잡아보지도 않았고, 지금 같이 껴안고 이별 인사를 하는 때도 아니었으니 말이다.

라디오도 없는 시골에 살면서 중공군이 참전했다는 뉴스도 못 들었을 뿐만 아니라, 미군이 패전해 후퇴하리라곤 도저히 상상도 할 수 없었다. 2차 대전에 참전했던 동네 청년들로부터 미군이 얼마나 강력한지 수없이 들은 바 있었기 때문이다. 게다가 괘씸하게도 국군장교들 역시 패전해서 후퇴하는 것은 아니며 원자탄을 쓰려면 적군과 어느 정도 거리를 두어야 하므로 작전상 후퇴하는 것이라고 거짓말을 했던 것이다. 그들은 적어도 일이 주 후에는 다시 돌아올 수 있다고 했다.

1950년 12월 7일

오늘 우리 자위대원은 6사단 수색대와 교섭해 같이 행동할 것을 서약했다. 하루 종일 자위대 서류를 불태우고 적들이 다시 쓰지 못하도록 남은 무기들을 분해해 이곳저곳에 감추느라 바쁜 시간을 보냈다. 소총의 방아쇠들은 분해한 뒤 함께 묶어 우물 안에 집어넣기로 했다. 저녁에는 자위대 본부에서 잠을 청했으나 이런저런 걱정으로 뒤척이고 있을 차에 별안간 출동명령이 떨어졌다. 때는 밤 열시. 우리는 결국 국군 트럭에 몸을 싣고 고향을 등지게 되었다. 고향을 잃고 후퇴해야 하는 억울함과 슬픔에 가슴이 아프다. 신작로 옆에는 수많은 피란민들이 잘 곳 없이 밖에서 밤을 새우느라 마당불을 놓아가며 떨고 있는 것이 보인다. 부모님과 가족을 떠나보낸 나의 마음은 몹시 불안하다.

하루 종일 바쁘게 자위대 서류들을 불태웠고 후퇴하게 되더라도 놈들이 쓸 물건들은 다 없애버릴 계획이었다. 정오경에 트럭으로 국군 한 무리가 도착했다. 자위대 대장이 우리의 계획을 지도장교에게 설명하니 그 장교가 하는 말이, 당신들이 정신이 있는 사람들이냐는 것이었다. 그까짓 소총 몇 자루에다 스무 명도 안 되는 병력으로 어떻게 밀려내려오는 중공군과 싸우겠다는 거냐고 했다. 처음 듣는 중공군 이야기였다. 정세가 바뀌었음을 느꼈다. 6사단 수색대 대장이 자기네와 같이 행동하도록 권하자 자위대 간부들은 모두 찬성했다. 후퇴할 때는 군인 트럭을 같이 탈 수 있다고 하여 한결 마음이 놓였다.

1950년 12월 8일

새벽 세시에 금천군(金川郡) 동화면(冬火面) 기탄리에 도착했다. 하루 종일 명령을 기다리며 하는 일 없이 지냈다.

1950년 12월 9일

기탄리에서 동방으로 4킬로미터 되는 지점인 법촌으로 이동.

일기를 쓰기 시작하면서 우리가 어디에 있는지를 알고 싶어졌다. 제일 확실한 방법은 문패가 달린 집을 찾아 주소를 기록하는 것임을 일찍이 알아냈다.

1950년 12월 10일

저녁 무렵 시변리(市邊里)로 이동했다. 며칠 동안 아무 일도 하지 않고 대기 상태에 있었다. 이제는 좀 반격을 했으면 하고 기대했으나 웬일인지 저항도 없이 후퇴만 하는 것 같아서 불안하다. 같이 이동중인 고향 어른들의 말에 의하면, 이것이 바로 미군이 잘한다는 '계획적인 후퇴'라기에 마음이 좀 놓였으나 한편으로 불안감은 커져만 가고 있다.

1950년 12월 11일

어제 저녁식사 후에 시변리를 떠나 트럭으로 다시 후퇴하게 되었다. 남한으로 내려가는 신작로는 군인 차량으로 가득 찼다. 후퇴하는 차량들의 전조등이 북한의 온 하늘을 조명하는 듯 밝았다. 피란민은 신작로를 쓰지 못하는 모양이었다. 우차를 끄는 사람들은 더 나아갈 방도가 없는 것이다. 많은 사람들이 등에 지고 머리에 이고 트럭이 조명하는 빛을 이용해 논둑길 위로 남하하고 있었다. 우리 트럭에는 너무 많은 사람들이 탔기 때문에 앉을 자리는커녕 모두 시루의 콩나물같이 서서 후퇴하고 있었다. 다들 무릎 높이밖에 안 되는 트럭 난간에서 떨어지지 않도록 한 손으로 앞이나 옆에 있는 사람을 잡고 있었다. 그러면서도 잠깐씩 졸면서 차가운 겨울바람을 향해 밤새껏 서 있었다. 특히 앞에 가던 트럭에서 사람이 한 명 떨어져 뒤에 오던 차에 치여 죽었다는 소식을 들은 후부터는 모두들 심각해져 졸지도 못하고 서 있었다.

아무 표지도 없는 원한의 삼팔선을 넘었다. 곧 개성(開城)을 통과했다. 시가에 전등불이 밝아 잠시 천국 같다는 생각도 들었으나 민간인은 한 명도 보이지 않았다. 개성에서 그만 하차해 외조부님을 뵙고 부모님이 어떻게 되었는지 알아볼까 하는 생각도 잠깐 들었으나 쓸데없는 생각이었다. 그대로 개성 시가를 스쳐 지나가고 말았다. 사실 외조부님 댁 주소도 기억나지 않았을 뿐만 아니라 민간인이 안 보이는 낯선 도시에서 한밤중에 그렇게 한다는 것도 불가능한 일이었다. 혹시 가족이 도중에 행렬에서 낙오되지는 않았을까 하는 것이 제일 걱정된다.

서울에 도착했을 때는 새벽 다섯시경이었다. 전깃불만 여기저기 드물게 켜진 시내 중심가를 몇 번 우회전 좌회전하며 지나왔다. 어떤 고향 어른이 화신백화점을 가리켰다. 화신백화점이라는 말은 서울로 수학여행을 다녀왔던 누님으로부터 들은 적이 있다. 트럭은 다시 어둡고 집 없는 거리를 거쳐 어떤 일본식 주택 앞에 멈췄다. 들어가 잠깐 쉬고 따뜻한 아침밥을 맛있게 먹었다. 아침식사가 끝났을 때에야 날이 밝았다. 그 집은 어느 여자중학교 교장선생님의 사택이라고 했다(그 여자중학교가 정신여자고등학교라는 것을 삼 년 후에 알게 되었다). 아침식사 후에는 다시 북방으로 이동해 양주군 이담면 동두천리에 도착했다.

1950년 12월 12일

다 파괴되고 재바다가 된 동두천에는 이따금 조그만 집들이 남아 있었다. 어떤 빈집 한 칸 방에 고향 사람들 여덟 명이 들었다. 동두천까지 오게 되니 몹시 걱정이 된다. 이것이 과연 계획적인 후퇴일까 하는 의심이 더 심해진다. 그러나 2차대전에 일본군 군속으로 참전했던 고향 어른의 말에 의하면, 원자탄을 쓰려면 적으로부터 먼 거리를 떨어져야 하며, 이렇게 빨리 후퇴하고 있는 것도 그 이유 때문일 것이라니 어느 정도 안심은 된다. 지금 제일 걱정되는 것은 우리 가족이 삼팔선을 넘었는가 하는 것이다. 오랜만에 보는 전등불에 반사되던 개성 시내의 아스팔

트길을 달리던 전날 밤을 생각해보았다. 서울에서 혼자 공부하던 작은 형님 생각, 개성에서 살고 계시던 외조부님 댁 생각과, 무엇보다 부모님 생각이 머릿속에 가득 찬다.

1950년 12월 14일

양주군 회천면 덕정리로 이동.

6사단 수색대의 소년병

1950년 12월 16일

오직 믿는 것은 고향 어른들뿐이었다. 그러나 나는 오늘 할 수 없이 고향 어른들과 헤어지고 미서약자(未誓約者) 소대로 입대하게 되었다. 다른 고향 어른들은 군복무 연령이 초과되어 입대하지 못하고 후방으로 떠나게 되었다. 나이 어린 내가 과연 군생활을 해나갈 수 있을까? 앞이 막막하고 눈물이 흐른다. 저녁부터 선임하사관 송동보(宋東普, 가명) 상사의 연락병 임무를 맡게 되었다. 소대에 처음으로 네 명의 전사자가 생겼다.

이때는 미서약자가 무슨 뜻인지도 모르고 있었다. 후에 알고 보니 미서약자란 아직 군번을 받지 않은 사람들로 약 일 개 소대의 병력이었다. 우리는 정식 군인이 아니면서도 군인의 임무를 '무임'으로 수행하고 있었던 것이다. 미서약자 소대는 대부분 북한의 고등학생이나 대학생들로 구성되어 있었다. 후에 알고 보니 6사단 수색대에서 계획적으로 북한 출신의 젊은 청년들을 모집한 것이었다. 이북 사투리를 쓰는 우리들이 북한에 침투시키는 데 가장 적합했기 때문일 것이다. 또 재미있는 사실은 수색대 대장, 소대장도 이북 출신이라는 것이었다. 우리 소대의 선임하사와 수색대 대장은 인민군에 복무하다 남한으로 탈출한 군인들이었다. 다만 분대장급들은 경상도나 전라도 사투리가 심한 남한 출신이라 처음에는 서로 알아듣지 못할 지경이었다.

우리 미서약자 소대는 신병훈련도 받지 않고 수색근무를 시작하게 되었다. 우리들은 국군의 기본동작도 몰랐다. 좌로 돌아, 뒤로 돌아, 심지어 경례도 할 줄 몰랐다. 그러나 우리는 북한에서 고1(남한의 중3) 때부터 인민군 훈련을 받아왔다. 기본동작도 모른다고 선임하사한테 말했더니 "인민군식으로 하면 돼. 오히려 인민군식이 더 좋은 것 같아" 하고는 상관에게 경례하는 법만 우선 교육시켰다.

비록 연락병이 힘들어서 일주일 후에 그만두기는 했으나 이 일이 나의 생명을 적어도 한 번은 구해준 것 같다. 12월 16일 오후, 수색 출동명령을 받고 처음으로 일선지대에 나갔다. 동두천 북방, 눈이 덮인 신작로를 걸어서 전곡(全谷) 바로 밑에 있는 한탄강 근처까지 갔다. 이때 길가에 박혀 있던 다 낡은 '위도 38도선' 표지를 보고 감개무량했던 생각이 난다. 강 남쪽 마을의 빈집에 들어가 송상사의 지시를 받았다. 각 분대별로 전곡과 그 북방 몇 동네를 수색하고 돌아오라는 지시였다. 명령대로 갔다 왔다는 증거로 번지수가 달린 문패를 떼어오라고 했다. 겁이 나기 시작했다. 먹물을 뿌린 것같이 깜깜하고 차디찬 하늘을 찢으며 날아가는 포탄 소리와 이어 꽝 하고 폭발하는 소리에 더욱 겁이 났다. 그때 송상사가 "혹시 몸이 아파서 출동을 못 하겠다고 생각하는 사람이 있으면 손을 들라"고 했다. 보통은 수줍어서 나서기를 꺼리던 나는 서슴지 않고 손을 들었다. 그날 아침 동두천 근처 논밭에서 실탄으로 쏘는 '따발총(소련제 개인 자동총)'을 피해 포복 연습을 할 때, 논도랑을 건너뛰다 발목을 삐어 걷기가 불편했던 것이다.

우리 소대 모든 사병들은 분대별로 수색 출동을 나가고 빈집에 송상사와 둘이 남아 있게 되었다. 나는 계속 장작불을 피워서 상사가 춥지 않도록 해야 했다. 송상사는 자기의 연락병을 하라고 했고 나는 좋다며 승낙했다. 불을 따스하게 피워놓고 이 이야기 저 이야기 하고 있는 참에 신음 소리와 함께 부상으로 피투성이가 된 소대원들이 돌아왔다. 신작로를 걸어가고 있는데 갑자기 포탄이 행렬 중간에 떨어져서 산개했더니 포탄이 더 터졌으며 몇 명의 전우는 전사했을 것이라는 보고였다. 후에 알아보니 아군의 지뢰를 밟은 것으로 산개하니까 더 폭발한 것이었다. 전곡으로 가는 신작로에서 보초를 서고 있던 공병대 사병이 우리 소대를 안전한 길로 한탄강가까지 인도하기로 되어 있었는데, 그 사병이 실수로 신작로를 그대로 통과하게 해 이런 불행한 사고가 일어났던 것이다. 나도 이날 출동을 했더라면 죽거나 부상당했을 가능성이 많다. 송상사가 아픈 사람은 손을 들라고 한 것, 또 서슴지 않고 손들 용기를 냈다는 것이 내가 살게 된 원인인 것 같다.

날이 밝은 후 남은 소대가 다시 전곡으로 출동하면서 전사한 네 전우의 시체를 가까이 보며 지나갔다. 죽음이 그처럼 가까이 있다는 것을 처음 느꼈다. 그날 조직된 소대였기 때문에 전사자들의 얼굴도 이름도 몰랐다.

1950년 12월 21일

12월 16일부터 약 일주일간 연락병으로 근무했다. 시집살이보다 더 힘들었다. 나 홀로 눈물로 시간을 보낸 적도 많았다. 밤에도 몇 번이나 일어나 온돌방에 불을 때야 했다. 상사가 떨지 않게 하는 것이 나의 임무였다. 송상사에게 몇 번이나 후방으로, 민간인으로 떠나게 해달라고 부탁했으나 꾸중만 할 뿐 허락하지 않았다. 다시 분대로 배치되어 삼팔선 이북인 전곡리와 연천(漣川) 방면의 수색을 일일교대로 하게 되었다. 크리스마스가 다가오자 후방에서 선물이 왔다. 크리스마스는 예수님의 탄생을 기념하는 날이라고 한다. 나는 두꺼운 양말 두 켤레에 겨울용 방한화 한 켤레를 받았다. 방한화는 너무 무겁고 큰 것 같았으나 신어보니 따스하다.

연락병은 상관의 종노릇을 하는 직책이었다. 연락병에게는 가죽가방과 회중전등을 가지고 다닐 수 있는 특전이 있었다. 최일선에 나가지 않아도 되는 특전도 있었다. 제일 고달픈 것은 추운 겨울에 밤새도록 방이 차갑지 않도록 온돌방에 불을 때야 하는 것이었다. 있는 나무를 때는 것도 아니고 마련해다가 때야 했다. 우리가 주둔해 있던 집 울타리까지 다 뜯어서 불을 때버렸다. 그러고 나니 이제는 마루를 뜯어서 때라고 했다. 그러면서 서슴

거리는 나를 야단쳤다. 며칠 내에 마루가 다 없어졌다. 송상사는 내가 깊이 잠들 만하면 춥다고 발길로 차 나를 깨우곤 했다. 잠이 많은 나이에 몇 번씩 일어나서 불을 때고 나면, 다음 날은 하루 종일 몸이 피곤하니 연락병 일은 결국 포기할 수밖에 없었다. 일선에 나가 더 일찍 죽는 한이 있더라도 그 길이 나을 것 같았다.

1951년 1월 1일

고향을 떠난 지 거의 한 달. 쓸쓸하고 호젓한 일선에서 새해를 맞게 되어 감격과 눈물 때문에 잠을 이루지 못했다. 밤 열두시 삼십분에 별안간 출동명령을 받았다. 우리 소대는 동두천과 덕정리 간의 도로를 수색하라는 임무를 받고 출동했다. 덕정에서 다시 동두천으로 돌아왔을 때, 아군은 이미 포위된 상태였다. 우리는 즉시 수색을 중지하고 허둥지둥 남쪽으로 탈출해 간신히 덕정리에 다시 돌아왔다. 저녁녘에 다시 후퇴하는 행군열에 끼어 트럭을 타고 의정부를 경유, 한강을 도강해 광나루에 도착했다.

이날은 정월 초하룻날로 마음이 들떠서 잠이 오지 않았다. 한편에서는 떡도 만들고 또 그날 후방에서 보내온 선물들을 즐기고 있을 때, 갑자기 출동명령을 받았다. 이상하게도 그날 저녁녘부터 미군 트럭들이 바삐 전후방을 오르내리는 것을 목격했다. 무슨 일이 벌어지려는가 하고 잠깐 생각해보기도 했다. 혹시 북진의 명령이? 출동의 목적은 도로 수색이었기 때문에 모두들 트럭을 타고 있었다. 일단 덕정리에 갔다가 다시 동두천으로 돌아왔을 때, 아군은 막 대규모로 후퇴하고 있었다. 적의 3차공세를 방위하는 데 실패해 후퇴하게 되었다는 중대장님의 말씀이 끝나기도 전에 가히 멀지 않은 논밭에서 기관총 소리와 더불어 흰옷을 입은 적군이 전진해오는 것을 볼 수 있었다. "덕정리 네거리에 집결하라"는 중대장의 명령을 받고 각자 남쪽을 향해 죽어라 뛰기 시작했다.

이때 내가 신고 있던 신은 방공호용의 두껍고 무거운 신이었고 사이즈도 너무 컸다. 신을까 말까 망설이고 있었는데 트럭을 탄다기에 신고 출동한 것이었다. 이 신도 후방에서 보내온 선물 중 하나였다. 얼마 동안 그 신을 신고 뛰다보니 덕정리까지는 불가능하겠고 어느새 전우들보다 점점 뒤떨어지고 있었다. 게다가 적의 기관총 소리는 더 가까워지는 것을 느끼게 되어 신은 벗어버리고 뛰는 수밖에 없었다. 다행히 두꺼운 양말 한 켤레가 더 있어 양말 위에 겹쳐 신고 뛰기 시작했다. 후퇴하고 있는 도로 양쪽 산에서 적군이 계속해 남진하는 것을 볼 수 있었다. 능선에서는 피리 소리도 나고 있었다. 죽자 하고 뛰어서 덕정리에 도착해보니 거의 모든 소대원이 무사히 후퇴해 집결하고 있었다. 그곳에서 어떤 전우가 민간인 신발 한 켤레를 주어 그걸 받아 신고 트럭을 탄 채 다시 후퇴하기 시작했다.

1951년 1월 2일

광나루에서 철수하여 광주군(廣州郡)에 있는 어떤 이름 모를 부락으로 이동했다.

1951년 1월 6일

수일간 주둔하던 광주군을 출발하여 충청북도 진천읍에 도착했다.

이것이 바로 '1·4후퇴'이다. 아마 서울에서는 1월 4일에 철수한 모양이다. 6사단 수색대 본부는 비교적 후방인 충청북도 진천읍으로 중심지에서 북쪽으로 떨어진 지역이었다. 그 사이에 콘크리트로 된 다리가 있었다. 하루는 읍의 중심지가 어떻게 생겼나 보고 싶어서 다리까지 걸어갔으나 하도 춥고 바람이 세어 그만두고 돌아온 적이 있다. 거기 가봐야 별 신통한 것이 있을 것 같지도 않았고 그때 나는 외투도 없었다. 누비바지와 저고리로 된 군복만 입고서는 도저히 긴 다리를 건너갈 용기가 없었다. 동두천까지 후퇴하면서 입었던 소련군 장교의 연녹색 외투는 트럭을 타고 남하하는 동안 나를 따스하게 보호해주었으나, 동두천에 와서 미서약자 소대에 들어갔더니 그 소련군 장교의 외투는 입지 말라는 명령을 받아 아쉽지만 포기했다. 인민군들이 후퇴하면서 학교에다 버리고 간 외투를 주워온 것이었다. 당시에는 구할 수 없었던 따뜻한 울 외투였는데 여기저기가 닳아 있었다. 어머님이 외투를 뜯고 뒤집어 원래 모양과 조금 달리 재봉해놓아 군인장교의 외투 같이는 보이지 않았다.

수색대 본부 주위에는 여기저기 작은 초가집들이 있었고 피란민들도 꽤 많이 살고 있었다. 날씨가 따뜻한 날에는 M1소총을 메고 동네 근처를 산책하기도 했다. 파괴된 인민군 탱크와 트럭 몇 대가 동네 외곽에 흩어져 있었는데 철없는 아이들이 탱크 위에서 병정놀이를 하기도 했다. 피란민들 또는 원주민들로부터는 인민군에 대한 그들의 경험담을 듣고, 나는 공산당의 만행을 우리 가족의 체험을 빌려 설명해준 적도 있다.

1951년 1월 7일~20일

백암리(白岩里), 양지리(楊智里), 오천(午川) 근방으로 수색 출동을 나갔다. 그러나 적과의 교전은 일 회뿐이었고 다행히 희생자가 없었다. 죽산(竹山)을 소대본부로 삼아 일일교대로 이루어지는 출동은 몹시 고달팠고 싫증을 일으켰다. 다행히 1월 20일에 신병을 보충받아 우리 미서약자 소대는 본부소대에 편입되었으며 수색근무가 아닌 본부 보초를 서게 되었다.

1951년 2월 1일~6일

백암리에 있는 정미소에 파견되어 마침 그 사이에 낀 정초를 재미있고 자유스럽게 보냈다.

오랜 시일은 아니었으나 무척 기억에 남는 일주일이었다. 백암리에 파견나가 쌀을 찧어낼 수 있게 정미소를 수리하고 면 창고에 가득 쌓여 있는 벼를 정미해 사단이나 수색대 본부로 후송함으로써, 장교들의 후생사업 및 사병들의 부식비로 보태 쓸 수 있게 하는 것이 우리들 미서약자 세 명의 임무였다. 책임자는 마흔 살쯤 되는 분으로 서울의 경찰서에서 형사로 일했던 경험이 있었다. 정미소에서 일하던 사람을 찾아내고 기계 수리를 마치니 이

삼 일 내에 운영할 수 있는 단계에 도달했다. 정미소가 운영되면서 불쌍한 피란민들에게 쌀을 좀 나누어줄 수 있는 권한이 생겨서 인심도 써보았다. 이때 나는 시간 여유를 내서 책이 많다는 집을 찾아가 책 구경하기를 즐겼다. 남한에 교과서와 참고서가 그렇게 많은 줄은 처음 알았다. 영어 단어집을 비롯해 수학 책까지 몇 권 얻어내고 대가로 쌀을 줬던 기억이 난다.

정미소가 제대로 운영되어 흰쌀이 나오기 시작한 후, 형사 아저씨가 백암리 노인 몇 분과 유지들을 초대해 흰쌀밥에 좋은 반찬을 차려 잔치를 열어준 일이 있다. 그분들은 우리를 영웅 취급 하는 것 같았다. 노인들이 나에게 존경어를 쓰기에 "말씀 낮추십시오" 했더니 한 노인이 "군인 아저씨한테 어떻게 반말을 씁니까? 나이가 문제가 아니지요. 우리를 위해 생명을 바쳐 싸우시는 국군 아저씨인데 나이가 문제가 아니지요" 하는 것이었다. 송구스러운 생각 한편으로 '내가 이제는 어른이 되었구나' 하는 스스로에 대한 책임감을 무겁게 느꼈던 기억이 난다.

1951년 2월 7일

본부로 복귀하라는 명령을 받고 밤에 주천(注川) 본부로 귀대했다. 다른 미서약자 소대원들은 이미 2월 5일에 신병교육대로 전속되었고 우리도 어쩌면 신병교육대에 가야 할지 모른다.

1951년 2월 8일

오늘 신병교육대로 가게 되느냐 마느냐 하는 중대한 문제가 가로놓였다. 내 뜻대로 한다면 교육대에는 가고 싶지 않다. 교육대 편입을 피하기 위해 박윤규(朴允奎)와 같이 1중대 3소대로 나가 취사병으로 근무하기로 했다.

1951년 2월 12일

취사병 생활이 이렇게 힘든지는 몰랐다. 잠 못 자고 고달프고 추위에 떠는 것이 취사병이다. 남의 집 식모보다 더 힘든 것이 취사병이 아닌가 생각한다. 결국 태평리(太平里) 본부로 복귀했더니 강남용(康南龍)과 여러 친구들이 여전히 본부 행정반에서 근무하고 있었고, 우리를 반가이 맞아주었다.

수색대 행정반의 책임자는 인사계 홍덕숭(洪德崇) 일등중사였다. 우리 미서약자들의 운명은 홍중사의 처분에 달려 있다시피 했다. 박윤규는 홍중사와 먼 친척간이 되는 관계라고 들었다. 하지만 웬일인지 인사계님은 박윤규보다 강남용을 더 신용하며 가까이 두려 했다. 강남용의 부탁은 거의 다 들어주시는 것 같았다. 나도 그의 덕을 많이 본 셈이다.

박윤규와 강남용은 나보다 서너 살 위였다. 박윤규는 고급중학교 3학년이었고, 강남용은 학생은 아니었던 것 같다. 그는 언제나 미소를 띤 얼굴이 인자해 보일 뿐만 아니라 마음씨도 아주 착한 사람이었다. 앞니를 금으로 보철해 웃을 때마다 금니들이 뚜렷이 반짝였다. 강남용은 유난히 나를 좋아했다. 어린 나를 아끼고 불쌍히 생각해 도울 수 있는 한 도와주겠다는 고마운 말도 했다. 형님같이 느껴지는, 의지하고 싶은 사람이었다. 내 나이가 어리다는 말도 인사계님께 전했다고 한다. 나는 인사계님을 어려워해서 말을 걸어본 적도 없다. 그저 물어보는 것만 대답하는 입장이었다.

강남용의 말에 의하면 홍덕숭 인사계는 북한에서 고급중학교를 다닐 때 학생 삐라사건에 연루되어 체포당할 위기에 처했는데, 그 길로 혼자 남하해 국군에 자원입대했다고 한다. 나이는 많지 않으나 계급이 비교적 높았고 굉장히 똑똑한 분이라 대대장의 절대 신임을 받고 있었다. 자신이 어려서 고생한 이야기를 하며 나를 동정하고 있다는 말을 강남용을 통해 들었다. 인사계님과 직접 대화는 못 했지만 나를 동정하고 있음을 알고 고맙게 생각했다.

1951년 2월 13일

태평리에서 경기도 여주로 이동했다. 부관의 명령으로 행정반에서 일하게 되었다.

1951년 2월 27일

25일부로 여주에서 강원도 원주군 사제리로 본부를 이동하라는 명령이 내려왔다. 그러나 홍수로 인해 남한강의 다리가 떠내려가서 이틀 후 미군 공병대가 '고무다리'를 놓은 후에야 이동할 수 있었다. 여주에서의 생활은 너무나 단순하고 무의미했다. 비가 계속 내려서 밖에도 거의 못 나가고, 먹고는 자고, 책을 보다 피곤해지면 또 자고, 오로지 누에와 같은 생활이었다. 하지만 순돌(淳乭)의 어머니, 아버지와 함께 재미있는 시간을 보내기도 했다.

우리가 여주에서 주둔해 있던 집이 순돌이라는 학생의 집이었다. 순돌을 만나본 적은 없다. 순돌의 아버지는 2차대전 때 징병으로 끌려나가 갖은 고생을 한 분으로 재미있는 경험담을 많이 들려주셨다. 우리는 할 일이 없을 때 주로 순돌의 아버지와 시간을 보냈다. 순돌은 친척 집에 피란 가 있다고 했다. 나이는 나보다 두세 살 위였던 것 같다. 직접 물어보지는 않았지만 군대에 갈 나이였는데 피란 가 있는 것이 좀 이상하다는 생각이 들었다.

1951년 2월 28일

사제리로부터 다시 경기도 여주군 서원리로 이동했다.

1951년 3월 6일

섭섭하게도 서원리로부터 경기도 양동으로 이동했다. 서원리에서의 생활은 재미있었다. 친절한 주인 할아버지, 할머니가 마음에 들었고 철둑 밑 조용한 초가집에서 혼자 방 한 칸을 차지하고 독방살이한 것도 기억에 남을 것 같다. 날씨가 좋을 때는 카빈총을 메고 나가 사격 연습 겸 새사냥도 했다.

1951년 3월 11일~20일

양동으로부터 양평군 장대리로 이동했다. 부관, 남상욱(南相旭), 박윤규와 같이 찌뿌차(지프차)를 타고 선발대로 떠나 수색대 본부가 주둔할 집들을 찾았다. 열흘간 장대리에 주둔했는데 이곳에서의 생활은 곧 싫증이 났다. 고적한 촌락에, 집주인 아주머니마저 마음에 들지 않는 곳이었다. 어서 떠나고 싶었다. 이곳에서의 유일한 오락은 참새잡이였다. 밥만 먹고 나면 카빈총으로 새잡이를 했다.

1951년 3월 21일~25일

오늘 장대리로부터 강원도 홍천군 양지말(홍천 서남방 6킬로미터 지점)로 이동했다. 장대리와는 달리 재미있는 곳이었다. 마을은 어느덧 새봄의 향기를 품고 있었다. 쓸쓸한 일선에도 봄은 찾아왔다. 겨우내 묵은 때도 씻고 옷도 세탁했다. 때로는 노획한 중공군의 수류탄으로 고기도 잡고 축음기로 음악을 즐기기도 했다. 사진도 촬영했다. 어쩐지 일선 같은 기분이 안 들었다. 평화스런 고향에 온 것처럼 재미있는 며칠이었다.

1951년 3월 26일~4월 2일

3월 26일에 양지말로부터 가평군 달전리로 이동했다. 이동 거리가 너무 먼 것 같았다. 밤새도록 차가운 바람을 헤치고 트럭을 달려 목적지에 도착한 것은 날이 밝은 후였다. 이곳은 어쩐지 평화스러운 외국의 어떤 촌락 같은 인상을 준다. 주민들이 많이 남아 있었고 전시인데도 일선지구 같지 않았다. 천천히 흐르는 북한강을 앞에 끼고 나지막한 언덕 비탈에 양지바르게 놓인 이 마을은 한번 살아보고도 싶은 호기심을 주는 곳이었다. 뾰족뾰족 움터오르는 버드나무 아래 천천히 흘러가는 강물 위에는 수 척의 배가 둥실둥실 떠돌고 흰옷을 입은 주민들을 보니 더욱더 별천지 같은 기분이 든다. 이곳에서 일생 처음으로 뽀도(보트)를 타보았다. 온종일 강가에서 살다시피 하는 것이 달전리에서의 생활이었다.

여기에서도 수류탄을 써서 물고기를 잡아 반찬으로 먹었다. 주둔하는 동안 한 민간인의 도움을 받았는데, 이름은 잘 모르고 어려서 천연두를 앓아 얼굴이 얽어서 거저 '곰보 아저씨'라고 불렀다. 별로 싫어하지도 않았다. 나이는 마흔 살쯤 되었고 평양에서 남하한 분으로, 수류탄을 써서 고기를 잡는 것도 이 아저씨의 고안이었다. 보트를 타고 강 중간 깊은 데까지 들어가서 된장 섞인 먹이를 좀 뿌린 다음에 수류탄의 안전핀을 빼고 (던지지 않고) 보트 바로 옆에 내려놓으면, 몇 초 후에 물 속으로 깊이 가라앉은 수류탄이 폭발하며 큰 잉어들이 흰 배를 보인 채 떠오르곤 했다. 보트는 흔들리지도 않았다. 잡은 잉어로 맵싸하게 생선찌개를 만들어 먹었다.

곰보 아저씨는 먹다 남은 밥을 버리지 않고 이스트균을 넣어서 탁주(막걸리)를 만드는 법도 알고 있었다. 몇 번 탁주를 마시고 흘러간 유행가를 부르며 즐긴 적이 있다. 우리가 자주 불렀던 노래 중에 이런 것이 있다. 홍덕숭 상사님(홍중사님은 이때 이등상사로 진급하셨다)도 좋아하셔서 같이 부르곤 한 노래이다. "다 풀린 대동강 물도 맑은데, 어디서 오는가 흰 돛대 하나 눈앞에 아득한 능라도 기슭. 랄라랄라 랄랄라 랄라, 랄라랄라 랄라 물새가 운다."

1951년 4월 3일

대장 홍재익(洪載翊) 대위의 명령에 따라 미서약자는 전원 수색근무를 중지하고 본부소대에 편입되면서, 오늘부터 보초 임무를 맡게 되었다.

1951년 4월 12일~23일

이십여 일 가까이 자유로운 평화촌에서 호화롭게 생활했다. 그러나 작전상 다시 가평 북방 12킬로미터 지점인 화악리(華岳里)로 이동해야 했다. 첫인상부터 좋지 못한 곳이었다. 여기저기 흩어진 초가집들에 주민이라고는 한 사람도 찾아볼 수 없었고, 중공군이 사용하던 가옥은 더럽기 짝이 없었다. 자유스러웠던 달전리로부터 이 무인도 같은 곳으로 이동한 후로는 몹시 긴장되었다.

1951년 4월 24일

중공군의 춘기공세를 방어하지 못하고 사창리(史倉里)로부터 철수하게 되었다. 우리 수색대 본부가 화악리로부터 저녁 여덟시경에 출발해 달전리에 도착한 것은 밤 열두시경이었다. 평화의 촌 달전리도 오늘은 공포에 파묻혀 있는 듯하다. 벌써 멀지 않은 전방에서 신호탄이 서로 엉키며 전투가 치열해지고 있다. 하루에 수십 리를 이렇게 후퇴하게 되

다니! 북진할 때는 몇 주일이나 걸린 길이었는데! 앞으로의 전과가 좋기만을 기대할 뿐이다.

1951년 4월 25일

달전리도 이미 불안전한 지대가 되고 말았다. 우리 본부소대는 다시 후퇴 준비를 하고 대기하다가 새벽 한시에 달전리를 출발해 청평 남방 4킬로미터 지점인 송촌리(松村里)로 이동했다. 밤새도록 이동하느라 몹시 힘들었다. 보급을 만재하고 그 위에다 우리를 태운 소련제 트럭은 가평 남방 약 4킬로미터 지점의 도로 위에서 고장이 나 운전사 양반이 밤새껏 애를 써야 했는데, 결국 날이 샌 후에야 다른 트럭에 끌려 겨우 송촌리에 도착했다. 이 소련제 트럭은 1950년 북진중에 획득한 것으로 후퇴할 때뿐만 아니라 그후로도 굉장히 유용하게 썼던 트럭이었다. 하지만 부속품을 구하지 못해 더 수리해서 사용할 수가 없었다.

1951년 4월 28일

또 이동이다. 상황이 불리한 탓에 다시 남한강을 도하하게 되었다. 어디까지 가야 하는가? 아군이 이렇게도 힘이 모자라는가? 밝을 무렵 도착한 곳은 낯익은 양평군 용문면 조현리이다. 언젠가 장대리로 이동하면서 이동 선발대로 와본 적이 있는 곳이다.

1951년 5월 1일

대장 홍대위가 2연대 1대대장으로 전속됨과 함께 본부소대는 해산되고 나는 다시 행정반에서 근무하게 되었다.

1951년 5월 3일~22일

5월 3일에 조현리로부터 양평군 용문면 광탄리 북방 3킬로미터 되는 지점의 이름 모를 조그만 부락으로 이동했다. 5월 14일에는 부관이 차 사고로 부상당해 박춘경(朴春京) 소위가 대리부관으로 취임했다. 본부소대는 재편성되었고 나는 미서약자라는 이유로 다시 취사반에서 근무하게 되었다. 지난 삼 주간은 용문산 전투가 가장 치열하던 때였다. 우리는 비교적 어렵지 않게 생활했다. 자유시간이 많아서 책도 읽을 수 있었다. 취사병으로서 제일 고통스러운 것은 부식이 제대로 보급되지 않아 자주 현지조달을 해야 하는 것이었다. 다행히 밭에는 파가 충분히 있어서 파국을 많이 끓였다. 토란국도 끓였다. 그동안 나는 한 가지 놀라운 사실을 알아냈다. 놈들이 파견한 간첩이 주위를 배회하고 있었던 것이다. 나는 열 살 미만의 어린이들이 독약을 소지한 채 병력 배치상황 등을 조사할 목적으로 우리에게 접근한 것을 적발했다. 이런 경험을 통해 간첩에 대한 경계심은 한층 앙양되었다.

수색대는 전투가 진행되는 중에는 별로 할 일이 없다. 모두 여유로운 시간을 보내고 있었다. 멀지 않은 용문산에서 아군이 치열한 방어전투를 하고 있다는 소식을 자주 들었고, 또 수색대 대장으로 계시던 홍재익 대위의 2연대가 빛나는 전과를 올리고 있다는 소식도 듣곤 했다. 토란국 끓이는 방법도 취사병 노릇 하면서 배웠다. 처음에는 물에 잘 씻어서 썰려고 했더니 너무 미끄러워서 썰 수가 없었다. 누가 흙이 묻어 있더라도 먼저 다 썬 후에 깨끗이 씻어서 끓이라고 가르쳐주었다.

여기서는 비교적 평안한 시간을 보냈다. 옷도 세탁해 입을 수 있었다. 전투복은 한 벌밖에 없었다. 자주 이동하느라 세탁할 시간적 여유도 없었고 날씨가 너무 추워서 언제나 내의와 군복을 함께 입고 있어야 했기 때문에 지난 몇 달 동안 세탁할 기회조차 없었다. 또 피복의 보급이 부족해서 세탁하는 동안 갈아입을 옷도 별로 없었다. 추운 겨울에는 가지고 있는 옷을 모두 껴입고 살았다. 자주 세탁을 못 하고 갈아입지도 않으니까 이가 많이 생겼다. 어떤 때는 가려워서 긁다가 내의의 솔기를 손가락으로 훑어보면 이가 몇 마리씩 잡히곤 했다. 다행히도 DDT가 보급되기 시작하고부터 이런 문제는 별로 없었다. 우리는 DDT를 온몸에 바르고 지냈다(현재는 인체에 대한 독성이 너무 강해서 규제하고 있지만 그때는 그런 줄도 모르고 썼다). 이따금 피란 가 비어 있는 부잣집에 들어가서는 농이나 궤를 뒤져 혹시 갈아입을 만한 내의가 없나 하고 찾곤 했다. 이런 방법으로 내의를 몇 번 갈아입었다.

1951년 5월 23일

용문산 전투는 우리의 대승리로 끝났고 적은 무질서한 후퇴를 시작했다. 우리는 다시 한강을 건너 송촌리로 이동했다. 그사이 송촌리는 집 한 채 없는 재바다가 되어 있었다.

1951년 5월 24일

육사특명 (을)68호, 1951년 5월 27일부로 정식 군번을 받았다. 072-3631이다. 무어라 형언할 수 없는 감정이다. 복잡한 공상으로 머리가 아프다. 앞으로 겪어야 할 최전방이 두렵기만 하다. 오후에 드디어 일선으로 향했다. 중대본부인 가평군 서천리에 도착한 것은 밤 아홉시경이었다. 2중대 1소대에 인솔된 것은 밤 열한시경이었다.

1951년 5월 25일

비 내리는 날이다. 그러나 출동 없는 자유로운 휴식일이다. 소대장인 김유진(金有鎭, 가명) 소위! 그는 호랑이 같은 악질이다. 과거 진천지구에서 이십여 일간 겪어본 탓에 김소위의 성질은 잘 아는 바이다. 그런데 오늘 무슨 일로 입원한다는 것이다. 어쩐지 귓맛이 든다.

1951년 5월 26일

6사단의 진로가 바뀐 관계로 춘천 북방 8킬로미터 지점인 신북면 발산리로 이동했다.

1951년 5월 27일

출동 겸 이동이다. 어제 새로 오신 선임하사관 박우병(朴宇秉) 상사의 지휘하에 험준한 태백산맥의 능선을 따라 삼사십 리가량을 이동했다. 나는 기진맥진하여 다른 전우들을 따라갈 수가 없었다. 철모는 무거워서 박상사님이 들어주셨고 배낭도 다른 전우들이 날라주었다. 여태까지의 일선 경험에서 제일 고생스러운 날이었다. 저녁에는 온몸이 쑤셔서 돌아누울 수도 없을 정도였다. 화천 수력발전소 저수지의 최상류에 있는 후동 남방 2킬로미터 지점에서 밤을 보냈다.

참으로 힘든 날이었다. 행정반이나 취사반에서 힘든 일 없이 지내던 나한테는 너무나 무리한 하루였다. 새로 보급받은 훈련화는 잘 맞지 않아 아무리 신발끈을 졸라매도 너무 컸다. 강원도의 산들은 무척 미끄러웠다. 나무가 없는 능선에는 콩알 같은 자갈돌이 깔려 있어 자꾸 미끄러졌다. 철모가 이렇게 무거운 줄은 몰랐다. 허둥지둥하는 나를 본 인자한 박우병 상사는 마치 어린 동생을 돌보는 큰형님같이 꾸중도 한번 안 하시고 철모를 들어주셨다. 그리고 다른 전우들을 시켜 내 배낭을 나르도록 했다. 하지만 M1소총만은 언제나 내가 지니고 있어야 했다. 후동에 도착해 자리에 누웠을 때는 나도 모르는 사이에 감사의 눈물이 흘렀다.

1951년 5월 28일

오늘은 발전소가 있는 구만리(九萬里)까지 이동했다. 아군에게 급격한 타격을 입고 크게 패한 중공군이 보급품은 물론 탄약, 심지어 행정서류 및 작전지도, 약품까지도 모두 버리고 수백 구의 시체를 길 위에 남긴 채 무질서하게 후퇴한 것이다. 시체 썩는 냄새에 숨이 막히고 밥맛이 떨어질 지경이다. 길에 시체가 너무 많이 깔려 있어 대낮에도 행군하기가 곤란한 지경이다. 허연 구더기를 입에 가뜩 물고 넘어져 있는 되놈들의 시체! 꿈에 보일까 무섭다. 이런 도로 위를 약 이십 리가량 출동하고 보니 멀리 화천발전소가 보였다. 깨끗하고 아름다운 저수지라고 생각한다. 우리는 발전소 하류에 있는 강 맞은편에 소대본부를 잡고 밤을 보냈다. 시체 썩는 냄새 때문에 밤새 기분이 좋지 않았다.

전날 그렇게 힘들었지만 잠을 잘 자고 나니 몸이 훨씬 가벼워졌다. 박상사도 웃음으로 대하셨다. 며칠 지나 익숙해지면 쉬워질 거라고 격려해주셨다. 우리가 전진하는 길에는 적의 반격이 없었다. 화천 저수지가 삼팔선 이북이라는 사실을 생각하니 우리도 곧 고향에 갈 수 있을 것 같아서 모두 신나게 전진했다. 6사단 수색대는 약 구십 퍼센트가 북한 출신이었다. 수색대 대장이 일부러 북한 출신들을 뽑았기 때문이었다. 강 하류 맞은편 동네에는 쓸 만한 빈집이 한 채도 없었다. 집집마다 시체가 한 구씩은 누워 있어 결국 외양간에서 밤을 새웠다. 시체 썩는 냄새가 굉장했다.

우리는 행군 전진하는 중간에 이따금 손을 들어 항복하고 나오는 중공군들을 포로로 잡았다. 그들은 뻔뻔스럽게도 배가 고프다며 먹을 것을 좀 달라고 구걸했으나 가진 음식이 아무것도 없어서 주지 못했다. 우리는 그때까지 배급이란 것을 받아본 적이 없었다. 아무 집에나 들어가 밥을 지어 먹는 것 외에는 군것질거리가 없었다. 하루에 밥 두 끼 먹으면 최고였다. 출동중에는 물론 식사가 거의 없었다. 현지에서 먹을 것을 찾아내지 못하는 한 굶어야 했다. 중공군 포로들 중에는 머리를 빡빡 깎은 나보다도 어려 보이는 아이들이 꽤 있었다. 미우면서도 불쌍한 마음이 들었다. 그러나 그들은 나의 적이다. 나를 죽일 수도 있었던 적들이다. 거의 일 개 소대의 포로를 모았고 그들을 감시하는 것도 큰일이어서 곧 헌병대에 넘겨버렸다.

1951년 5월 30일

어제는 휴식일이었다. 저녁녘에 발전소 안으로 이동했다. 발전소 안은 공기도 좋을 뿐만 아니라 무엇보다 시원해서 좋다. 오늘은 출동이다. 풍산리(豊山里)에 있는 초등학교 앞에서 심한 기습을 받았다. 육개월간 일선에서 근무하며 처음 당하는 기습이었다. 탈출하느라 침구가 들어 있는 배낭도 버리고 나왔다. 다행히 우리 소대에는 희생자가 없었다.

화천발전소 안은 재미있는 곳이었다. 이곳은 중공군의 보급창고였다. 중공군의 새 피복과 상하이에서 만든 운동화들이 가득 차 있었다. 우리는 다 떨어져가는 소위 '국산' 훈련화를 벗어버리고 푹신푹신한 깔창이 있는 중공군 운동화로 갈아 신었고 배낭에도 여유로 하나씩 집어넣었다. 당시 사병에게는 군화가 보급되지 않아서 훈련화라는 것을 신었다. 훈련화는 가죽으로 만든 신이 아니고 고무바닥에 국방색 천으로 된 운동화 같은 것이었는데, 운동화보다는 깊어서 발목 위까지 올라왔다. 장교들은 군화를 신었는데 보급받은 것인지 개인적으로 구입한 것인지는 모르겠다. 요령 있는 사병들은 미군을 통해 구하거나 후방에 가는 사람들에게 부탁하여 시장에서 사 신고는 했다.

이 '국산' 훈련화는 바닥이 얇아서 걷다보면 발바닥이 아팠고 한 달 이내에 밑창이 떨어져나가는 것이 보통이었다. 어떤 친구들은 중공군 피복으로 갈아입었다. 철모와 M1소총 외에는 우리나 중공군이나 다른 점이 없었다. 그래서인지 수색 출동을 나가면 미군 비행기가 낮게 떠서 우리가 누군지를 알아보는 모양이었다. 그때 대공표판(對空表板)을 올바르게 펴놓으면 곧 미군 정찰기 조종사가 손을 흔들며 날아가는 것을 볼 수 있었다. 대공표판은 서너 가지 색깔로 된 직사각형의 플라스틱으로, 등에 메고 다니다가 필요할 때마다 매일 달라지는 암호대로 펴놓음으로써 아군임을 표시하는 방법이었다. 예를 들면 어떤 날에는 빨간색을 남북으로, 노란색을 동서로 펴고 초록색은 그 위에 직각으로 펴서 'E' 라든가 'L' 이라든가 하는 글자를 쓰게 되어 있는 시스템이었다.

중공군이 버리고 간 마차에는 여러 가지 의료품들이 들어 있었다. 놀랍게도 대부분 미군이나 국군이 후퇴하면서 버리고 간 것을 다시 사용하고 있었다. 쓰다 남은 전지와 회중전등들도 있었다. 중공군은 말을 많이 쓰는 것 같았다. 그들이 버리고 간 말들이 나무 그늘 밑에 꽤 많이 숨어 있었다. 하지만 좀 사용해보려고 아무리 끌어내려 해도 그늘에서 나오지를 않았다. 나중에 안 일이지만 놀랍게도 비행기 프로펠러 소리가 나는 한은 나무 밑에서 나오지 않도록 훈련되어 있었다.

1951년 5월 31일

평촌(坪村)에서 머물며 휴식일을 보냈다.

1951년 6월 1일

하루 종일 평촌에서 지냈으나 야간에 포탄이 하도 심하게 떨어져서 다시 구만리로 이동했다. 밤중이라 길에 깔려 있는 시체들 때문에 곤란했으나 회중전등이 큰 도움이 되었다. 시체를 몇 번이나 밟으며 이동했다.

1951년 6월 4일

지난 이틀간은 휴식일이었다. 오늘 평촌으로 다시 이동해왔다.

1951년 6월 5일

최영식(崔英植) 소위가 소대장으로 부임하였다.

1951년 6월 6일

출동이었다. 오늘 출동에서 3소대 향도 김식(金式) 중사가 중상을 입었다. 적의 치열한 공세에 고전하면서 김중사를 구출해냈다. 좌흉부로부터 오른쪽 엉덩이까지 총알이 관통했다고 한다. 야간 기습을 받았으나 희생은 없었다.

1951년 6월 9일

율곡(栗谷)으로 출동하다 기습을 받았다. 인명 피해는 없었다.

1951년 6월 12일

풍산리로부터 소고빈리로 이동.

1951년 6월 13일

소고빈리로부터 수산(水山)초등학교로 이동하는 동시에 장재리(長財里)로 출동.

수색대와 같이 이동하는 부대에는 보급품이라는 것이 거의 없었다. 담요의 보급도 불규칙했고 배낭은 있을 때도, 없을 때도 있었다. M1소총과 탄약, 그리고 철모 외에 언제나 가지고 다니던 필수 소지품은 커다란 미군 숟가락이었다. 숟가락 손잡이를 구부려 짧게 만들어서 윗주머니에 넣고 다니면 언제 식사가 나와도 먹을 준비가 되어 있었다. 숟가락만 꺼내면 되니까. 국은 철모나 큰 그릇으로 몇 사람이 같이 먹어야 했기 때문에 덜 흘리고 먹을 수 있는 미군의 깊은 숟가락이 좋았다. 치약이나 칫솔은 빈집에 들어가서 현지 조달했고 치약이 없을 때는 소금가루를 썼다. 이따금 미군들이 미제 치약을 주기도 했다.

1951년 6월 18일

사오 일간 편히 쉬었다. 오늘은 등대리(登垈里)로 출동했다. 기습을 당해 몹시 당황했다. 겨우 빠져나와보니 훈련화 뒤축에 총알이 지나간 것 같다. 적의 강화된 화력이 오늘 기습에서 다시 한번 확인되었다.

새 소대장으로 취임한 최영식 소위는 수색대를 지휘해본 경험이 없는 분으로 상부에서 내려오는 명령을 그대로 수행하려고 하여 우리를 몹시 불안하게 했다. 일선지대를 오래 경험한 상사급 지휘자들은 '요령'이 생겨서 생명에 위협이 되는 지점에는 들어가기를 꺼려했다. 또 적군이 잠복하고 있을 가능성이 많은 곳에서는 기습받을 때까지 기다리지 않고 매번 우리가 먼저 사격을 시작해 적군이 응답하게 하는 방법을 사용했다. 적의 응답사격을 들으면 어떤 화력이 있고 병력은 얼마나 되는지를 알아낼 수 있기 때문이었다. 그런데 최소위가 소대장으로 취임한 후로 수색 출동 나가는 날은 어김없이 기습을 받게 되었다.

최소위는 평양이 고향으로 해방 직후 남하해 대학교를 다니다가 학도병으로 입대한 분이라고 했다. 아주 신실한 기독교인으로 죽음은 하나님의 뜻이라고 믿는 분이었다. 출동 직전에는 꼭 기도를 올렸다. 나는 기독교인도 아니고 또 교회에 나가본 적도 없었으나 열심히 기도하곤 했다. 하나님의 계심을 믿게 되는 것 같았다. 죽으면 내 몸이 썩어서 내가 짚고 서 있는 바로 이 땅과 같은 한 줌의 흙이 되리라고 생각하니 하나님의 구원을 청하게 되는 것은 당연한 일이었다. 출동해서 살아 돌아올 때마다 하나님께 감사함을 느끼게 되었다.

6월에 들어 수풀이 풍성해지면서 적이 어디에 숨어 있는지 알기 힘들어졌다. 그래서 분대별로 수색을 나갈 때는 교대로 맨 앞에 섰다. 앞에 서는 사람은 죽을 가능성이 많기 때문이었다. 적군에게는 자동소총이 없었기 때문에 우리가 아주 가까이 들어올 때까지 사격을 개시하지 않았다. 첫 실탄으로 죽이지 않으면 안 된다는 생각 때문일 것이다. 나는 두 차례나 맨 앞에 서고도 무사했다. 한번은 총알이 바짓가랑이를 뚫고 지나간 적도 있었다. 최소위 본인도 자진해서 앞장섰으므로 우리의 존경을 받았다.

약 삼 주간은 매번 백암산 밑에 있는 791고지를 넘어서 수색을 나갔다. 791고지는 높은 산등성이가 아니라 백암산 옆을 넘어가는 가장 낮은 산이었다. 791고지 위에 도착해서는 철모를 벗고 그 위에 앉아 쉬다가 내려가곤 했다. 철모의 용도는 여러 가지였다. 세수할 때는 물을 떠다 쓰는 용기였다. 식사 시에는 밥과 국을 타다 먹는 식기였다. 밤에는 철모를 쓰고 자기 때문에 베개 역할을 했다. 물론 전투 시에는 (이것이 주목적이었지만) 머리를 보호해주는 장비였다.

1951년 6월 19일~30일

지난 십여 일간은 잠복근무, 본부 보초, 그리고 휴식일을 교대하면서 지냈다. 기습이 없어서 살 것 같은 기분이었다.

1951년 7월 1일

통신교육을 받으라는 명령을 받고 대대본부에 복귀했다.

5월 24일 이후 한 달에 걸쳐 무시무시한 최전방 생활을 계속해왔다. 오늘 죽을지 내일 죽을지 혹은 일 초 후에 죽을지 모르는 최일선에서의 한 달은 몹시 긴 세월같이 느껴졌다. 소대장 최영식 소위 때문에 골치를 앓은 적도 많았다. 그러나 인사계 홍상사님이 염려해주신 덕분으로 가설병 임무를 맡게 되었다. 박윤규, 한제석도 통신교육을 받기 위해 대대본부에 귀대했다.

1951년 7월 5일

어제 전신가설교육을 받고 이어서 실습을 했다. 오늘은 중대에 파견되어 처음으로 가설병 임무를 수행했다. 공작-평양선을 수리했다.

1951년 7월 6일~9일

약 일주일간 주로 공작-평양선을 조사하고 수리하는 일로 재미있고 안전하게 임무를 수행했다.

1951년 7월 10일

오후에 신병교육을 받으라는 명령을 받고 본부로 귀대했다. 앞으로 한 달간 무서운 기합 밑에서 살아나갈 생각을 하니 막막하다.

1951년 7월 11일

오늘부터 교육대 생활이 시작된다. 수색대에서는 열일곱 명의 전(前) 미서약자가 교육대로 출발했다. 도착하자 먼저 신상조사서를 쓰게 했다(전 미서약자들은 기초훈련도 없이 군번을 받아 정식 군인이 되었기 때문에 휴전회담이 진행되는 사이에 기초훈련을 받도록 한 것이다).

1951년 7월 12일～8월 15일

다음은 신병교육의 교과내용이다. 교육 기간에는 너무 피곤해 일기를 쓸 시간 여유가 없었다.

- 7월 12일　부동자세의 목적. 정지간의 방향 변화. 행진간의 방향 변화.
- 7월 13일　군대 예절. M1소총.
- 7월 14일　M1소총.
- 7월 15일　M1소총.
- 7월 16일　M1소총.
- 7월 17일　거리 측정법(목측, 보측)의 실습.
- 7월 18일　십육 개 동작(오전). 집총훈련. 각개훈련. 콩쿠르대회.
- 7월 19일　집총훈련(오전). 카빈소총(오후). 장작 운반(저녁).
- 7월 20일　카빈소총의 실내교육.
- 7월 21일　수류탄의 실내교육.
- 7월 22일　각개전투 교련 실내교육. 세탁(오후).

- 7월 23일 ~ 31일　도로신설공사 사역.
- 7월 31일　교육대로 귀대.
- 8월　1일　훈장 수여식에 참가(사단본부). 각개전투.
- 8월　2일　각개전투.
- 8월　3일　각개전투의 실습. 교육 후에 기합(약 3킬로미터의 거리를 '앞에총' 하고 대열로 구보하다).
- 8월　4일　각개전투의 실습.
- 8월　5일　분대공격전투.
- 8월　6일　분대공격의 실지동작.
- 8월　7일　독도법.
- 8월　8일　분대방어의 실내교육. 호 구축작업의 실습.
- 8월　9일　분대방어의 실지동작.
- 8월 10일　척후정찰의 실내교육 및 실지동작. 기합(민간인의 엿이 없어졌다 하여 애매한 단체기합을 받다).
- 8월 11일　진중근무. 행군간 경계의 실내교육. 주군간 경계의 실내교육.
- 8월 12일　진중근무. 징후판단. 행군간 경계의 실습. 세탁.
- 8월 13일　대장의 정신강좌(오전). 주군간 경계의 학습과 실습.
- 8월 14일　대공방어의 학습과 실습.
- 8월 15일　총검술의 실습(오전). 행군간 경계의 실습(오후). 야간전투의 학습.

나는 신병교육을 받으러 갈 때 육군 일등병이었다. 일등병이 서너 명 있었다. 우리는 이미 전투를 경험한 사람들이었다. 6사단 신병훈련소는 춘천 북방에 있는 (확실치는 않으나) 신북면이거나 신대면(新垈面)이라는 것 같았다. 훈련소 본부를 제외하고는 천막 막사들이었고 조교나 교관도 훈련생과 비슷한 환경에서 생활해야 했다. 물론 그들의 가족조차도 같이 살지 못하는 일선지대였다. 주변에는 민간인들이 몇 살고 있었다. 오 주에 걸친 기초훈련은 아주 힘들었다. 실내교육은 쉽고 재미있었으나 실지동작 훈련은 힘들었다.

그러나 후에 전해 들은 논산훈련소에서와 같은 좋지 않은 사건들은 전혀 없었고 아주 깨끗한 훈련 기간이었다고 생각한다. 우선 일선지구였기 때문에 면회 오는 사람이 한 명도 없었다. 대부분의 훈련생들이 북한 출신이었기 때문에 면회 올 사람도 없었다. 면회와 관련된 부패가 전혀 없었기 때문에 나 같은 '삼팔따라지'도 동등한 대우를 받을 수 있었다고 본다. 힘든 기간이었으나 좋은 인생 경험이었다. 여기서 비로소 나는 어른이 되었고 앞으로 어떤 일을 맡아도 모두 해낼 수 있다는 자신감을 얻었다.

식기로는 '항고'란 것을 하나씩 받았다. 속이 꽤 깊은 알루미늄 용기로 뚜껑이 있고 그 안에 들어가는 작은 용기가 있어서 그것을 국그릇으로도, 또 찌개나 반찬그릇으로도 쓸 수 있었다. 야전 시에는 각자 밥도 해 먹을 수 있는 편리한 용기였다. 식사당번은 교대로 했다. 당번인 날은 취사장에 가서 밥과 부식을 타다가 전 소대원들에게 나눠줘야 했고 식사 후 나무로 된 식기는 씻어서 잘 말려야 했다. 개인 식기는 각자가 씻어서 허리에 차고 다녀야 했다.

교육 기간에는 주어진 시간 내에 세수, 식사, 설거지, 그리고 화장실 용무까지 마쳐야 하는 일정한 일과가 몸에 박이게 된다. 실내교육 때는 자신 있었다. 교과내용을 빨리 암기할 수 있어서 때때로 특전을 얻은 적도 있다.

훈련중에는 M1소총의 멜빵을 주지 않았다. 그래서 언제나 '앞에총'을 하고 뛰어야 했고 총을 어깨에 멜 기회는 없었다. 입대하는 첫날에 대장으로부터 경고가 있었다. 아무리 완벽하게 훈련을 받아도 단체기합 세 번은 꼭 받고야 졸업하리라는 것이었다. 단체기합도 신병훈련의 한 과목이라는 말이었다. 실제로 단체기합을 세 번 심하게 받았다. M1소총을 멜빵 없이 '앞에총' 하고 십 리씩 구보하며 낙오자가 생기면 그들이 따라올 때까지 그 자리에서 포복을 해야 했다. 총을 어깨 뒤에 가로 메고 토끼뜀하는 기합도 몹시 힘들었다.

6사단 7연대, 전면 대공격!

1951년 8월 16일

오늘로 신병훈련은 끝나고 새 피복과 훈련화를 보급받았다. 오전까지의 희망과 기쁨은 어디론가 사라지고 오로지 낙망과 죽음을 연상시키는 미지의 장래를 생각하며 기운 없이 하루를 헤맸다. 점심식사 전까지도 사단 수색대로 원대복귀한다던 말과는 판이하게 7연대로 배속된다는 것이다. 앞으로 겪어야 할 일선의 고지생활을 생각하니 몸서리가 쳐진다. 지금까지의 수색대 소대생활보다 훨씬 더 힘들 보병연대 고지근무! 시꺼먼 죽음의 구름이 덤벼드는 무서운 고지근무 생활이 오늘 현실화된 것이다. 갈피를 잡을 수 없는 마음의 동요! 7연대 1대대로 인도되었다. 대대본부에서 고등학교 졸업생 몇 명을 행정요원으로 선정하고 나머지는 각 중대로 배치했다. 나는 네 명의 전우와 4중대(중화기 중대)로 배속되었다. 예측과는 달리 4중대 본부에서 근무하게 될 것 같은 기분이다. 4중대로 같이 배속된 네 전우는 이영화(李永華), 김준수(金俊洙), 박귀호(朴貴浩), 임순영(任淳英)이다.

1951년 8월 17일

오늘 4중대 서무계 조수로 확실히 발령났다. 다른 전우들은 각 소대로 배치되었다. 1소대에는 이영화, 김준수, 임순영이, 2소대에는 박귀호가 배속되었다.

보병연대로 배속되고 보니 약한 몸으로는 고지생활이 무리일 것 같아서 사무요원으로 남기를 바라고 있었다. 하지만 대대본부에서 고등학교 졸업생들이 뽑혀나가 크게 실망했다. 글씨 솜씨를 보고 뽑는다면 자신 있었다. 어려서부터 글씨를 깨끗이 쓰는 것으로 알려져 있었고 6사단 수색대 본부 행정반에서 일할 때도 글씨를 잘 쓴다고 칭찬받았었다. 한자도 많이 알았으니 글씨 시험을 본다면 자신 있었으나 고등학교를 졸업하지 않았기 때문에 선출 대상도 되지 못하고 중대까지 밀려내려왔다. 중대에서는 고등학교 다니던 사람들을 뽑아 글씨를 써보라고 하여 내가 뽑히게 되었다. 얼마나 운이 좋았는지 모른다.

1951년 8월 18일

중대 서무계 이원구(李元求) 중사의 지시에 따라 오늘 아침에는 내한철(來翰輟) 목록을 기입했다. 이중사 밑에는 제주도 출신 한임호(韓任

浩)가 있고 그 밑에 내가 있다. 오후에는 가까운 수색대 본부를 방문하여 오랜만에 백인택(白仁澤)과 박윤규를 만났다. 헤어져 돌아오는 길은 어쩐지 서글펐다. 따뜻한 가정같이 느껴지던 수색대를 떠나기 싫은 마음에서였을 것이다.

1951년 8월 22일

쓸쓸하고 무시무시한 일선지대에서 오랜만에 호화로운 연극이 공연되었다. 19연대 장병으로 구성된 연예대가 〈반역자〉라는 연극을 보여주었다. 좋은 기회였다. 애국정신의 앙양 및 계몽사업에 꼭 필요한 내용의 연극이었다.

1951년 8월 23일

오전중에는 보관서류 목록을 정리했다. 오늘 낮에 또 7연대 본부에서 육군본부 정훈국 위안대의 공연이 있었다. 자유스러운 남한 사회를 반영하는 연극이라는 생각이 들었다. 아직 본 적 없는 후방의 민간인 생활에 대한 호기심이 더 커진다. 동시에 최일선 고지에서 이런 재미있는 시간은 가져보지도 못하는 전우들에게 미안한 생각이 든다.

1951년 8월 26일

연대장의 명령으로 대대본부를 약 1킬로미터 산곡으로 이동했다.

1951년 8월 27일

오늘 우연히 박응연(朴應蓮)을 만났다. 일선에서 만난 고향 사람이라 길 잃은 배가 등대를 찾은 듯 유난히 반가웠다. 이동중이어서 잠시 후에 헤어졌는데 그는 7연대 수색대 서무계로 근무하고 있으며 2대대 S-2(정보부)에는 황보춘(皇甫春)이 있다는 말을 들었다.

1951년 8월 29일~9월 2일

지난 며칠 동안은 계속 연병장 정리, 배구장 작업, 그리고 마소옥 터를 닦는 일을 했고 또 보급품도 운반했다. 오늘 오후에는 보초를 섰다.

1951년 9월 3일

오늘은 좀 한가하다. 그래서 지금까지 쓴 일기를 읽어보고 살을 좀 붙여 정리했다. 저녁에는 배태진(裵泰鎭)이 어디서 옥수수를 쪄왔다. 일 년 만에 먹어보는 삶은 옥수수! 신기한 맛이었다. 작년 이맘때가 떠올라 옛 추억으로 괴로웠다.

1951년 9월 4일

결재공문을 철하고 대대명령의 목록을 썼다. 대대장님이 대대본부로 시찰 오셨다. 요망사항은 화목 단결, 관물품 애호, 희생정신 발휘 및 열과 성의였다.

1951년 9월 7일

막 점심을 먹은 후에 보급을 운반하라는 부관의 명령을 받았다. 십리가량은 차량으로 운반하고 나머지 이십오 리는 등짐으로 운반했다. 수상리(水上里)에 도착하여 저녁식사를 한 다음 밤 열시경에 다시 출발했다. 목적지인 백암산 밑 791고지에 도착한 것은 새벽 세시경으로 일생에 처음 큰 고생을 한 것 같다.

1951년 9월 8일

잠도 변변히 자지 못한 채 날이 샌 다음 주먹밥을 한 덩어리 얻어먹고 다시 본부로 돌아왔다. 그러나 돌아오자마자 수고했다는 말 한마디도 없이 보초교대하라고 소리 지르는 신정석(申正錫) 하사! 참, 이때 신하사의 무서운 눈초리는 내 머릿속에 오래 남아 있을 것 같다. 말대꾸도 한마디 못 하고 M1소총을 메고 고지로 올라갔다. 초소에 홀로 앉아 조용히 생각해보았다. 가족의 상황과 내 처지를 생각하니 부지간에 뜨거운 눈물이 양 뺨을 적신다. 꿋꿋이 살아나가야 한다고 두 주먹을 불끈 쥐고 이를 악물었다.

1951년 9월 9일

오늘은 하루 종일 바쁘기만 하다. 어떤 일이 끝나기도 전에 또 새로운 일이 생기곤 해 머릿속을 뒤흔들어놓는다. 군속발령 신청서를 쓰다 말고 사진을 찍으러 나갔더니 육천원이라고 한다. 졸병 신세로는 두 달간 생명을 내걸고 싸워야 겨우 받을 봉급액이니 사진은 찍을 엄두도 못 낼 형편이다.

1951년 9월 10일

오늘은 근무시간에 짬을 내 막사 옆에다 한국 모형지도를 만들었다. 바위 이끼를 떠다가 산맥을 표시하고 탄피로는 도시, 명산, 철도 등을 표시해놓았다. 언뜻 보기에는 제법 색깔도 어울리고 그럴듯한 작품이 된 것 같다. 작년에 평양에서 본 8·15전람회를 연상시킨다. 내가 늘 좋아하며 즐겨 만들던 모형지도를 생각하게도 한다. 특히 재미있는 것은, 임근우(林根雨)의 고안으로 만든 제트기와 B29폭격기가 신의주를 맹폭하는 모형과 용감한 블루스타(Blue Star, 6사단 표지) 용사들의 총검술 앞에 갈 바를 잃고 헤매는 중공군 모형이다. 어려서 장난하고 놀던 때를 연상시킨다.

1951년 9월 11일

일조점호 때 간밤의 보초교대시간이 불균형했다 하여 약간의 기합을 받았다. 오늘도 근무중에 여가를 이용하여 임근우와 같이 모형지도와 그 부근의 환경 정리를 했다.

1951년 9월 12일

추석을 앞둔 달은 점점 커지고 있다. 구름 없이 맑게 갠 하늘에 달만 외로이 밝다. 어떤 사병은 휴가를 받아 집에 갈 준비로 원기 충만한데 외로운 이 몸은 바랄 것이 없으니 참으로 쓸쓸해진다. 그래서 그리운 고향 산천과 부모형제를 생각하며 단 한 가지 알고 있는 고향의 노래를 조용히 불러보았다. "나의 사랑하는 고향 산천, 넓은 대지 시베리아, 아름다운 산천이여, 그리워라 나의 고향." 고등학교 때 학교에서 단체로 구경 갔던 〈대지〉라는 소련 영화의 주제가였다.

1951년 9월 13일

오늘은 주간 보초를 섰다. 썰렁한 가을바람은 벌써 한기를 품었다. 나는 양지쪽에 앉아서 임근우로부터 빌린 이태준의 단편소설 「구원의 여상」을 뒤적이기 시작했다. 주인공의 비참한 종말이나 적에 대한 복수 없이 끝나는 내용의 소설이 더 큰 비통감을 주었다.

1951년 9월 14일

오늘은 종군 인부들의 교대 때문에 일이 매우 바빴다. 남한 출신의 인부들! 오늘 귀향의 기쁨을 갖게 되었으니 그 얼마나 즐거운 일일까? 동작과 언어 하나하나가 가뿐하고, 쾌활한 얼굴이다. 반대로 교대되어 온 인부들은 푸른 CTC 복장에다 초라한 소지품과 몸가짐이다. 내심 동정하게 된다. 황해도 은율(殷栗) 사람이 대부분이라 더욱 그랬다. 오후에 배태진, 성기옥(成基玉)과 추석 기념사진을 촬영했다.

1951년 9월 15일

오늘은 추석 명절이다. 아침부터 하늘은 낮게 흐려 있다. 날씨까지 이러니 기분이 좋을 리 없다. 썰렁한 분위기 속에서 묵묵히 침묵하는 전우들의 인상도 어딘가 쓸쓸하고 불쾌해 보인다. 고향의 어머니를 생각하며 슬픔의 눈물을 흘리는 전우들도 있고 억지로 즐겁게 놀아보려고 떠들썩한 전우들도 있다. 나는 쓸쓸한 분위기를 벗어나려고 몇 시간 동안 꿈나라로 여행을 했다.

1951년 9월 16일

달은 만월인 양 공중에 외로이 걸려 있다. 저녁 여덟시부터 연대본부에서 영화가 상영된다기에 추위를 무릅쓰고 구경하러 갔다. 미국 영화였는데 그리 재미있는 영화는 아니었다. 대대본부로 돌아와 밤 열두시부터 새벽 한시 삼십분까지 야간 보초를 섰다. 밝은 달 속에 초조하고 근심스런 어머님의 얼굴이 보이는 것 같았다. 나는 깊은 향수에 잠겨 한 걸음 두 걸음 동초(動哨)하다가 속으로 이렇게 외치곤 했다. '아! 어머니, 어머니는 지금 어디서 이 달을 바라보며 저를 걱정하고 계십니까?'

1951년 9월 17일

오전중에는 보초를 섰다. 근무가 너무 지루해 표지가 찢어져서 제목도 없는 어떤 역사소설을 몇 장 읽었다. 비가 올 듯 말 듯 날씨가 고르지 못했다. 오후에는 다시 오전에 보던 소설을 조금 더 읽었다.

1951년 9월 18일

일기가 고르지 못하더니 드디어 비로 변하고 말았다. 후방 근무자 전원이 집합한 자리에서 새로 부임한 부대장의 인사 말씀이 있었다. 저녁 무렵에 오진용(吳鎭龍) 중사가 휴가를 마치고 귀대했다. 매우 쾌활해 보이는 눈치다. 나에겐 언제나 휴가 갈 일이 생길까 생각하니 외로워진다.

1951년 9월 19일

오늘 처음으로 명령 수령차 연대본부에 갔다. 아무런 실수 없이 임무를 마치고 돌아왔다. 도중에 강남용을 만나 수색대 본부에 들러 점심을 먹고 수색대 차를 얻어 타고 우리 대대본부 앞까지 왔다. 고등학교 동창인 이완복(李完福)도 만나보았고 백인택, 우복영(禹福榮) 등의 전우들도 모두 무고했다.

1951년 9월 20일

이 산 저 산 아름다운 단풍으로 새 꽃을 피우고 있다. 추석도 지나가고 고향 생각은 더욱 간절하다. 오늘 아버님과 형님들의 소식을 알고자 육군본부에서 발행하는 신문에 기재 신청서를 냈다. 오동화와 외삼촌 이명식(李明植)의 거처도 탐지했다.

1951년 9월 21일

이영화가 이름도 없는 질환으로 의무대에 입원했다. 오후에는 대대 본부의 미화작업을 실시했다. 내가 맡은 것은 모형산이었다. 강석구(姜錫求) 형과 같이 개울가에서 기묘한 돌들을 주워왔다. 그 개울 옆에는 암석절벽이 있었고 개울가와 절벽 위에는 아름다운 단풍나무들이 서로 경쟁하는 듯 찬란했다. 우리는 그 밑에 마주 앉아 화랑담배를 피우며 옛 추억을 이야기했다. 마음이 상쾌해지며 비행기같이 날개를 펴고 온 세계를 날 듯한 기분이 들었다. 그러나 한편으로는 외롭고 쓸쓸한 마음이 자꾸 침범하려 하고 있다.

1951년 9월 22일

오늘은 나의 음력 생일이다. 세상에 태어난 지 이미 만 십육 년의 해가 지나갔다. 내일부터는 열일곱 살이다. 아무런 유적도 남겨놓은 것이 없지 않은가? 일선에서 이렇게 지내다가 그냥 없어질 것인가? 오늘은 다른 날보다 좀 재미있고 상쾌한 기분으로 지내려고 마음먹었다. 그러나 모든 환경과 조건이 허락지를 않는다. 저녁 무렵에는 어제 하던 모형지도 미화작업을 완료했다. 바위 옷도 더 떠다 입혀보고 단풍나무도 더 꽂아보고…… 꽤 보기 좋은 소공원을 만들어냈다. 저녁에는 다시 고향 생각이 나기 시작해서 이를 잊어보려고 전우들과 못된 이야기, 우스운 이야기를 하면서 잠이 오길 기다렸다.

1951년 9월 23일

오늘 또 대대의 미화작업이다. 강석구와 더불어 소나무를 찍어온 다음 임근우와 같이 옆 산으로 머루를 따러 갔다. 오후에도 계속 미화작업! 요사이 우리의 사명은 오직 미화작업인 것 같다. 언제 이동할지 모르는 일선지구에서 미화작업이 왜 필요한가? 졸병들이 놀고 있는 것이 그렇게도 보기 싫던가?

1951년 9월 24일

오늘 오후에는 연대본부에서 영화 감상회가 있었다. 필름이 늦게 도착해 오랫동안 기다려야 했다. 기다리는 사이에 두 미군 사병이 무대 위로 올라가서 춤도 추고 엉너리를 부리며 흥이 나서 야단이었다. 과연 쾌활한 인간들이다. 한국 사람들이 감히 외국인 앞에 나가서 자신의 기분을 멋대로 표현하며 저렇게 놀 수 있을까 의문이다. 이런 생각을 할 즈음에 필름이 도착했다. 6·25전쟁 이래 제1차 북진 때까지를 촬영한 영화로 장면 하나하나가 적에 대한 복수심을 북돋워주고 있었다. 특히 놈들이 후퇴하며 많은 애국자들을 학살한 장면! 이는 나로 하여금 적개심에 불타 두 주먹을 꾹 쥐게 했고 부지중에 두 줄기의 눈물을 흘리게 했다.

1951년 9월 28일

지난 수일간 부부대장 호 구축작업을 했다. 저녁에는 후방 위안대의 위문공연이 있었으나 당번이라 가지 못했다.

1951년 9월 30일

오늘은 나의 양력 생일이다. 아침부터 일기가 불순하고 기분이 좋지 않았다. 오전에는 비를 맞아가며 도로수리 작업을 했다. 저녁에는 육군사관학교 생도 모집요강을 보았다. 혼자 이런 생각도 해보았다. 차라리 일생을 군에 바치고 말까! 내 소원이 군생활은 아니다. 그러나 언제 평화가 와서 제대하게 될지도 막연하고 또 제대를 하더라도 대학에 진학할 수 있을 것 같지도 않다. 그러니 이 사년제 사관학교에 가면 공부라도 마음껏 할 수 있지 않은가! 공상의 세계에 빠졌다.

이 생각은 여기서 끝나지 않았다. 6·25전쟁 후 처음으로 실시되는 사년제 사관학교 생도 모집이었다. 이 문제에 대해 며칠을 두고두고 생각해보았다. 시험 문제는 고1 수준에서 나오며 현역군인들은 특별대우를 한다는 내용도 있었다. 서무계 이원구 중사와도 의논해보았다. 굉장히 격려해주시며 직접 인사계님과 중대장님께 상의드리겠다고 했다. 지원을 하려면 대대장이나 연대장의 추천이 필요했기 때문이었다. 후에 일어난 사건 때문에 더 진전되지는 못했으나 당시에는 육군사관학교 진학을 신중히 고려하고 있었다. 입학이 된다면 적어도 사 년간은 더 버틸 수 있고 공학사 학위도 받게 된다는 장점들이 있었다. 어렸을 때 일본 '노기(乃木)' 대장의 이야기를 좋아하기도 했다.

1951년 10월 1일

7연대에 온 지 한 달 반 만에 처음으로 서무계와 같이 최전방 관측소에 있는 인사계를 방문했다. 늘 마음에 걸리긴 했으나 미뤄오던 일이었다. 방문 후에 인사계도 우리와 같이 본부로 내려왔다. 내려오는 도중에 인사계가 한 말이 마음을 아프게 건드렸다. "명근아! 너는 왜 그렇게 무관심하냐? 인사계의 얼굴이 어떻게 생겼는지 보고 싶지도 않더냐?" 금방이라도 쥐구멍에 숨고 싶은 마음이었다.

두고두고 부끄러워하게 된다. 인사계는 중대 전체 사병들의 보직을 맡고 있는 굉장히 높은 분이었으나 중대본부 사무실이 아닌 일선고지에서 근무하고 있었다. 그분이 나를 일선고지에 올려보낼 수도 있는 권한을 가진 분이라는 것을 알면서도, 고지에 올라가서 먼저 인사를 드려야겠다는 생각을 자발적으로 하지 못하고, 서무계가 가자고 할 때까지 기다렸다는 사실이 내가 얼마나 어렸는지를 보여준다. 양심의 가책은 느끼면서도 일의 우선순위를 결정할 줄 몰랐던 나의 미숙함을 드러낸 사례였다.

1951년 10월 3일

아침을 먹고 고지에 있는 관측소에 가려고 했으나, 사정상 신상 조사서를 등사하기 위해 연대후방 본부에 가야 했다. 트럭을 타고 화천발전소 저수지를 지나가는 중이었다. 이른 아침에 보는 저수지의 경치가 말로 표현할 수 없을 만큼 아름다웠다. 그림에서도 사진에서도 볼 수 없던 희한한 경치였다. 한때 치열했던 전투의 흔적은 무엇도 남아 있지 않았다. 이 저수지에서 배를 탄다면 그것이 곧 지상천국일 것 같았다. 이렇게 아름다운 경치를 보니 약동하는 가슴을 억제할 수가 없었다. 시간이 늦어서 오늘은 연대후방 본부에서 자기로 했다. 이곳에서 우연히 고향 친구를 만났다. 같이 신병교육을 받으면서도 모르고 지냈던 친구였다. 그는 구락(龜洛)중학교 출신으로 평양의전에 재학중이었다고 한다. 나는 그가 고급중학교 시절 친한 친구였던 조정우에게 자주 편지하던 동창이라는 것을 알게 되었다. 그의 집은 구락면 장평리라고 한다. 이름은 이두화(李斗華). 연대후방 본부의 본부중대에 근무한다고 했다.

이날 화천발전소 저수지의 경치는 눈물이 나도록 아름다웠다. 트럭 뒤에 혼자 타고 있던 나는 그 경치를 보며 주저하지 않고 눈물을 흘렸다. 불과 사 개월 전 우리 수색대가 처음 이 신작로 위를 전진하던 때가 생각났기 때문이었다. 바로 여기 수십 구의 시체가 깔려 있었는데 이제는 길도 넓어졌고 깨끗이 정리되어 있었다. 호수 저쪽에는 아름다운 단풍나무들이 늘어서 있었다. 그 단풍나무들이 거울 같은 호수 물에 투영되는 경치는 잊을 수 없을 정도로 아름다웠다. 지난 2004년 9월, 한국의 어느 대학에 초대를 받아 귀국했을 때 나는 곧바로 이 저수지를 찾아가볼 예정이었다. 서울에 살고 있던 막내아들을 시켜 렌터카까지 예약했으나 예정했던 주말에는 이틀 동안 계속 소낙비가 퍼부어 계획을 취소할 수밖에 없었다. 언젠가는 한번 찾아가 보고 싶은 곳이다.

1951년 10월 6일

늘 다정하게 지내던 친구 임근우 생각이 많이 난다. 임군은 치질을 앓다가 어제 의무대에 입원했다. 임군을 잃고 나니 내 몸 일부를 잃은 듯이 허전하고 외롭다. 언제나 또다시 만나게 되려는지? 이별이란 슬픈 것이다.

1951년 10월 7일

내일부터 각 중대별 실탄사격 연습이 시작된다. 수일 이내에 시작된다는 전면 대공격을 준비하는 것이라고 한다. 때문에 일석점호 때는 대대본부 앞뜰의 쓰레기통 및 퇴비를 정리하고 청소했다.

1951년 10월 8일

아침도 먹기 전부터 고지에 있던 중대원들이 본부로 내려와 사격장을 정리하고 있다. 대대3과(작전과)가 고지에서 내려왔으므로 중대본부 사무실로 쓰던 방은 3과에서 차지하고 우리는 취사장 천막으로 이동했다.

1951년 10월 10일

어제까지 사격장 정리사업이 완수되고 오늘 아침 일찍부터 사격훈련이 시작되었다. 소총, 박격포, 경기관총, 수냉기(水冷機)기관총, 로켓포 등 각종 화기의 사격훈련으로 온종일 요란했다.

1951년 10월 11일

공격을 취하기 위해 오늘부터 군속, 행정요원, 예비군이 총동원되어 포탄을 운반하게 된다. 한임호가 포탄 운반에 동원되었으므로 내가 할 일이 더 많아졌다. 오늘은 주로 우리 중화기 중대의 사격훈련이 실시되었다. 저녁식사 후에는 내일 있을 6사단 전면에 걸친 공격개시를 위한 사기 앙양을 목적으로, 육군본부에서 나온 여자 의용군 위안대로부터 위안 오락회가 있었고 이어서 영화가 상영되었다. 영화가 끝난 것은 밤 열한시 삼십분경이었으나, 내일부터 실시될 공격에 대비해 (나의 직무인) 일보계의 위치 및 행정요원 임무에 대한 지시를 받고 새벽 한시까지 준비했다.

행정요원, 특히 일보계에게는 전투 의무가 없었다. 일보는 매일의 군력 통계로 군사비밀에 속한다.

1951년 10월 12일

새벽 네시 삼십분에 다시 일어나 출발 준비를 했다. 아침도 변변히 먹지 못한 채 접적(接敵) 행군대열의 일원이 되었다. 도중에 약 2킬로미터 가량은 차량으로 행군했다. 백암산 동쪽에 있는 791고지의 후사면에 집결해 준비된 점심을 먹고 다시 818.9고지를 향해 출발했다. 도중에 고향 사람 고명환(高明煥, 작은형님의 친구)과 박응연을 만났다. 오래간만에 최전방에 온 탓인지 몹시 긴장되어 포탄이 근처에 떨어질 때마다 깜짝 놀라곤 했다. 행정요원들은 고지 후사면에 우의(雨衣)로 천막을 치고 노영했다.

1951년 10월 13일

오늘부터 정식 공격이 시작되었다. 오후에야 비로소 제1목표를 점령했다. 대대의 전상자가 아흔 명을 돌파했고 전사자는 십여 명! 오늘은 그 유명한 818.9고지의 중공군 참호에서 잤다. 우리가 자고 있는 참호 밑에도 몇 구의 중공군 시체가 묻혀 있다고 한다.

1951년 10월 14일

오늘도 새벽 여섯시부터 행동개시다. 오후 한시경 제2목표를 점령하고 해가 서산에 질 무렵 제3목표마저 점령했다. 사오십 명의 포로들과 80밀리 박격포 1문을 비롯하여 다수의 자동무기를 노획했다. 한편 2대대는 제4목표를 점령하고 일부 특공대는 강을 건넜다고 한다. 해가 지며 서산에 저녁놀이 아름답게 물들고 있는데 전우들의 얼굴마저 금빛으로 이글이글 불타고 있다. 오, 정의의 용사들이여! 필승의 신념으로 가득 찬 용사들이여! 이 앞에는 똥되놈도 괴뢰도 맞설 수 없을 것이다.

1951년 10월 15일

오전 세시부터 행동개시다. 제4목표에 대대 관측소를 두고 소총중대가 도강했다. 강을 건너는 동안 적은 최후의 발악을 하고 있었다. 어젯

밤에 꾼 이상한 꿈 때문에 오늘은 어쩐지 기분이 나빴다. 어젯밤 잠깐 잠든 사이 꿈을 꾸었는데 왼쪽 대퇴부를 총알이 관통해 깜짝 놀라 깬 것이었다. 그래선지 실탄이 계속 날아오는 강을 건너고 싶은 마음은 조금도 없었다. 나는 제방 뒤에서 한동안 건빵을 먹으며 시간을 보냈다.

오후에 미군 탱크부대가 도착하자 적의 기관총 사격은 좌절되고 말았다. 나는 그제야 일보철과 나머지 행정서류들을 챙겨 허리에 매고 도강했다. 우리는 파죽지세로 돌진하여 제7목표까지 점령했으나 반면 아군에도 적지 않은 손해가 있었다. 우리 중대에서는 안상영(安相榮) 중사가 전사하고 수 명의 중대원들이 부상을 당했다. 또 친구 임순영도 적탄에 전사했다. 아까 길가에서 낯익은 임순영의 철모에 총알 지나간 자리가 있는 것을 보고 이상하게 생각했었다. 우리가 너무 빨리 전진하여 우측의 적은 거의 포위 상태에 들다시피 했다고 들었다. 적은 초저녁부터 여러 번 우리 진지에 사격을 가했다.

1951년 10월 16일

나는 행정요원이므로 점령한 제7목표 후사면에 호를 파고 방위하라는 지시를 받았다. 가지고 있던 휴대용 삽으로 그리 깊지 않은 참호를 파고 그 안에 들어가 있었다. 그사이 잠깐 잠이 들었던 모양이다. 예상했던 바였으나 놀라지 않을 수 없었다. 적의 야간 역습이었다. 적군은 이미 고지 정상에 올라와 교통호에 수류탄을 투척했고 아군은 얼결에 모두 후퇴했다. 나도 같이 후퇴하며 바위 뒤에 몸을 숨기고 사격을 가했다. 장교들은 한 명도 안 보였다. 한 상사의 지휘하에 다시 반격을 시작했다. 소총수, 중화기 중대원, 나를 포함한 행정요원까지 모두 공격에 참가하라는 명령이었다. 아슬아슬한 순간이었다. 적탄은 비 오듯 날아왔다. 증가되는 화력에 또다시 물러섰다. 이때였다. 선득, 하는 감각과 함께 왼쪽 다리 하퇴부에서 피가 흐르기 시작했다. 어두운 밤중이었지만 확실히 알 수 있었다. 일보철과 행정서류를 허리에 둘러맨 채 후방으로 피신하자 위생병이 기다리고 있다가 지혈대를 묶어 응급치료를 해주었다. 그리고 빨리 하산해 도강하라고 지시했다. 다리가 아파 걸을 수도 없는데, 경사가 심해 가파르고 미끄러운 강원도 산을 혼자 내려올 수는 없었다. 그래서 나뭇가지를 하나 꺾어 그것을 타고 미끄럼질을 하며 또 뒹굴며 강가까지 내려왔다. 전우 최치문(崔致文)이 나를 업고 도강했다. 나는 그에게 의지해 아픔을 무릅쓰고 중대 취사장까지 약 오 리나 되는 길을 걸었다. 이미 태양이 동녘 산에 얼굴을 내밀 무렵이었다.

여기에서 박운양(朴雲陽) 형(그는 나와 황주고등학교 동기동창인 박서양의 형님이다)도 부상당한 것을 알았다. 대대 의무실에서 치료를 받고 헬리콥터로 후송되기를 기다렸으나, 환자가 너무 많아 취사장에서 기다리다가 잠깐 잠이 들었다. 일보철과 행정서류는 취사장으로 찾아온 중대 서무계 이원구 중사에게 양도했다. 그리운 부모님과 고향, 또 앞으로 다가올 미지의 운명을 생각해보았다. 저녁에 이미 제7목표까지 다시 확보했다는 소식을 듣고 마음이 놓였다. 중대 취사장에서 하룻밤을 지냈다.

1951년 10월 17일

아침식사를 중대 취사장에서 하고 후송을 위해 다시 강가의 중간 보급소로 내려왔다. 도중에 각 중대 서무계들이 교대로 나를 업어주더니 나중에는 들것을 만들어 운반해주었다. 중간 보급소에서 박운양 형과 같이 유승창이 지어주는 밥을 먹고, 트럭을 탄 채 사단 수용중대로 후송되었다. 약 이십 분 후 다시 앰뷸런스로 사단 의무대에 후송되었고, 거기서 다시 춘천에 있는 이동외과병원으로 후송되었다. 앰뷸런스로 거의 세 시간이 걸렸다. 이동병원에는 환자가 만원인 고로, 장판도 없는 좁은 민가 한 칸 방에 열 명이 들어 저녁도 굶은 채 웅크리고 잠을 잤다. 담요도 없었다. 광활한 춘천 평야에는 미군부대의 전등불만이 여기저기 외로이 졸고 있었다. 다시 알 수 없는 장래에 대한 공상이 머릿속에 가득 차고 말았다.

1951년 10월 18일

긴긴밤을 잘 잤다고 생각했으나 종일 차에 지친 몸은 피곤을 풀 수가 없었다. 몬지탕(장판이 안 되어 있는)의 민가, 돼지우리 같은 그곳에서도, 여전히 잠이 그리워서 여러 차례 낮잠을 자고 보니 어느덧 날이 저물어 있었다. 저녁을 먹고 산보 겸 다리를 절면서 밖으로 나갔다. 길가에 있는 보리밭에 앉아 이야기를 하다가 친구를 한 사람 사귀었다. 이름은 오용필, 고향은 순천이라고 했다.

여기는 춘천! 일선에서 그리 멀지는 않지만 어쩐지 전시의 긴장이 없다. 가끔 분주하게 달리는 미군 트럭만이 전시의 기억을 되살린다. 쓰러진 가옥들은 전쟁을 증오하는 듯하다. 그때 무너지다 남은 오막살이 집에서 지팡이를 짚고 나오는 백발의 노인 할머니!

이동외과병원에 도착했을 때 위생병 상사 한 사람이 곧 원주의 이동병원으로 후송될 터인데, 혹시 원대복귀를 할 사람은 이곳에서 몇 주일 치료를 받고 상처가 다 나은 후에 복귀하면 된다며 생각해보라고 했다. 나는 곰곰이 생각해보았다. 나 같은 교육 수준으로 후방에 배치될 가능성은 거의 없지 않은가? 차라리 7연대 1대대 4중대로 다시 돌아간다면 인사계 조수로 다시 일할 수 있는 가능성이 많지 않을까? 얼마 후 그 상사가 다시 돌아와서 원대복귀를 원하는 사람은 손을 들라고 했다. 망설이면서도 아무도 원대복귀하겠다는 사람이 없는데 나 혼자 별달리 행동하기가 부끄러워서 손을 안 들었다.

1951년 10월 19일

여기는 춘천보다 훨씬 후방인 원주, 육군 제3이동외과병원이다. 침대는 없을지언정 두툼한 마도로스(매트리스)에 흰 시트가 깔린 텐트병동 제10호다. 여태 거쳐온 중에서 제일 입에 맞는 부식이 나왔다. 번쩍, 하고 켜지는 전등불! 한숨이 나왔다. 거의 일 년 만에 보는 전깃불이다. 또 위생병이 나누어주는 베개! 베개를 베고 자본 지도 거의 일 년이 된다. 소변 줄기도 얼 만한 엄동설한에도, 뼈까지 찔 듯한 삼복더위에도,

지금 내 옆에 놓여 있는 철모가 언제나 나의 베개가 아니었던가! 곧바르게 주름이 잡힌 군복바지를 입은 위생병들도 멋져 보인다. 최일선에서 멀지 않은 이곳만 해도 전쟁 없는 외국의 어느 나라같이 보인다.

육군병원에서, 병상일기

1951년 10월 20일

아침식사를 마친 후 육군병원으로 후송되었다. 원주를 출발한 것은 오후 열두시 십분이었다. 나는 기차의 삼층 침대 위에 누운 채 하루 종일 흔들렸다. 외부의 풍경을 내다보지 못해 매우 답답했다. 해가 서산에 진 후에야 지팡이에 몸을 의지해 간신히 침대 아래로 내려왔다. 그리고 유리창 옆에 있는 작은 의자에 앉아 바깥 풍경을 내다보았다. 그곳은 안동이었다. 넓디넓은 낙동강 다리를 지나며 기차는 덜컹덜컹 소리를 남긴 채 앞으로, 앞으로 달리고 있었다. 잠시 후에 다시 몸이 괴로워져서 침대 위에 올라가 누운 채 얼마 동안 잠이 들었다. 깨어보니 대구였다. 시간은 밤 열한시 이십분. 여전히 비가 오고 있었다. 발차시간을 알지 못한 채 또 한잠이 들었다. 다시 깨어보니 경상남도 밀양. 여기가 우리의 목적지라고 했다. 여전히 비가 내리고 있었다. 기다리고 있는 트럭을 타고 제7육군병원 제1동 제15호실로 인도되었다.

1951년 10월 21일

이 육군병원의 병실은 원래 학교 교실인데 임시로 빌려 사용하는 모양이었다. 밀양중학교라고 했다. 아침을 먹고 복도에 나와 밖을 내다보았다. 북쪽으로 옛 성토 아래 질편히 놓인 시가지의 일부분이 보였다. 병원 뒤에는 감나무들이 보였다. 잎사귀는 다 떨어지고 빨간 감들만 달려 있는 것이 인상적이었다. 우리 고향에는 없는 감나무였다. 까만 교복에 정모를 쓴 중학생들의 모습이며, 산뜻한 세라복을 입은 여학생들이며, 색치마 색저고리를 펄렁펄렁 날리는 이 땅의 아가씨들! 오리가방(서류가방의 일본어)을 들고 활개치며 다니는 공무원들의 모습! 이모저모에서 평화스러운 후방도시의 색채가 현저했다. 저녁에는 일선에서 입고 온 작업복을 모두 반납하고 위생병이 치료중에 잘라버려 한 갈래만 남은 아랫도리를 입고 침상에 들었다.

각 교실이 한 병실로 되어 있었다. 커다란 매트리스를 마룻바닥에 깔고 국방색 이불을 한 채씩 주었다. 침대는 물론이고 시트 같은 것도 없었다. 매트리스를 세 줄로 펴놓고 한 병실에 약 서른 명의 환자를 수용했다. 상사급 환자가 각 병실의 실장으로 임명되었다. 중환자들이 아니었기 때문에 손을 쓸 수 있고 걸을 수도 있는 사람들은 교대로 식사당번을 해야 했다. 또 할 수 있는 사람에 한해 실내에서 교대로 불침번도 섰다. 적으로부터 보호하기 위해서가 아니라 이따금 있는 병원 안의 좀도둑을 막기 위한 것이었다. 점호는 매일 있었고 매주 한 번씩 사열도 있어서 청소를 깨끗이 해야 했다. 외출할 수 있는 사람들에게는 외출증을 쉽게 끊어주었다.

1951년 10월 22일

아침에 일기를 쓰려고 펜을 들었으나 별로 쓸 것이 없다. 요즘 나는 아주 단순한 생활을 하고 있다. 아침밥 먹고는 자고, 점심밥 먹고는 또 자고…… 마치 누에의 삶에 지나지 않는 것 같다.

어제부터 쑤시기 시작한 다리를 이끌고 간신히 변소에 갔다. 다리가 어제보다도 더 쑤시고 불편하니 웬일인가? 은근히 걱정된다. 현관에서 지팡이를 짚고 깡충거리는 전영환(全榮煥)을 보았다. 그는 좌하퇴부를 관통한 총창과 골절로 인해 신경을 다쳤다고 한다.

면회 온 아가씨. 그대의 남편은 누구인가요? 어디를 부상당하셨나요? 나에겐 누가 면회를 올 것인가 생각해보니 외로워진다.

지금은 밤. 변소에 갔다 왔다. 이것이 웬일인가? 다리가 더 쑤신다. 통증이 갈수록 심해진다. 불과 이십 미터밖에 안 되는 변소를 가다가 못 가고, 도중에 (병실과 변소를 연결하는 노출된 복도에서) 소변을 보고 돌아오는 수밖에 없었다. 부상당한 왼쪽 발목의 힘줄이 끊어질 듯 아프고 발목을 움직일 수가 없다. 쑤시는 발목을 조심스럽게 두 손으로 받들어 간신히 끌어넣고 얼굴을 감추었다. 두 줄기의 눈물이 끊일 줄 모르고 흘러내렸다. 이 다리가 완치될 수 있을까? 완치가 안 되면 어찌 될 것인가?

1951년 10월 23일

그저께 저녁부터 쑤시던 다리가 밤중에 이르러 더 심하게 아파왔다. 왼쪽 다리가 끊어질 듯 쑤시고 발목을 움직일 수가 없다. 몸살까지 겹쳐 불덩어리같이 뜨거운 몸은 돌아눕기도 힘든 지경이다. 한잠도 이루지 못한 채 밤새껏 신음했다. 앞으로 닥쳐올지 모르는 무서운 결과를 생각하다가 슬픔이 터져 드디어 소리 내어 울었다. 그렇게 두 시간쯤 자고 보니 날이 샜다. 낮에도 아픔이 지속되더니 저녁 무렵에는 어느 정도 열이 내린 듯싶었다. 하루 종일 통증이 멈추지 않아, 바깥도 내다보지 못하고 침구 속에서 나와보지도 못했다.

1951년 10월 24일

아침에 이르러 열은 어느 정도 평온으로 돌아온 듯하다. 그러나 다리는 여전히 쓸 수 없이 아프다. 며칠간을 누워만 있었더니 머리가 수천 근이나 되는 것같이 아파와서 이따금 침구에서 나와 앉기도 했다.

1951년 10월 25일

오늘도 병세는 어제나 매한가지다. 하늘은 구름 한 점 없이 맑게 개어 새파란 가을하늘이 더한층 높아 보였다. 저녁에는 다들 시내 극장에서 상영되는 영화를 보러 나가고 병실엔 (나를 포함한) 걸을 수 없는 환자들만 남아 있다. 낮에 환자의와 내의를 세탁하기 위해 벗어놓았는데 웬일인지 일기가 갑자기 쌀랑대기 시작하여 (갈아입을 옷이 없어서) 하루 종일 이불 속에서 나오지 못하고 시간을 보냈다.

1951년 10월 26일 맑음

유리창으로 스며드는 햇빛에 깜짝 놀라 잠을 깼다. 부상을 당한 지도 벌써 열흘이나 지나지 않았는가? 아침식사가 끝난 다음 내일 있을 사열을 준비하며 실내외를 청소했다. 아픈 다리를 이끌고 오래간만에 세수를 했다. 더러운 빤쓰도 세탁했다. 오늘은 바깥 구경을 한 까닭인지 아니면 일기가 좋아서인지 기분이 상쾌하다. 저녁에 수녀들이 찾아와서 천주교 교리를 일부 설명했으나 별로 믿어지진 않는다.

내일 원호대로 가게 되는 전우들은 얼마나 기쁠까? 참된 희망이 가슴 속에 약동하고 있을 것이다. 하지만 나는 제대가 되지도 않겠지만 혹시 된다고 하더라도 별다른 희망도, 기다려주는 가족도 없는 몸이 아닌가? 복잡한 공상 속에 서러움을 금할 수가 없다.

이곳 육군병원에 와서야 처음으로 '제대'라는 말을 들어보았고 제대가 가능하다는 것을 알게 되었다. 나는 전쟁 때 군인으로 나가면 전사해서 죽든가 전쟁이 끝나야만 집에 돌아갈 수 있는 것으로 알고 있었다. 일제시대 우리 동네에서 징병으로 끌려간 형님 친구들 가운데, 전쟁중에 집으로 돌아오는 사람은 보지 못했다. 또 북한에서도 인민군에 차출된 동네 사람들이 귀향하는 것을 본 적이 없다. 그렇기 때문에 부상으로 춘천에 있는 6사단 의무대에 후송되었을 때, 육군병원으로 이송된다는 것이 그렇게 반가운 소식은 아니었다. 차라리 거기서 한 달가량 치료를 받고 다시 원대복귀를 하면, 행정반에서 인사계 조수로 일할 수 있는 기회가 올 거라고 생각했기 때문이었다. 제대가 가능하다는 소식을 들은 내 가슴은 뛰기 시작했고 춘천의 이동육군병원에서 원대복귀를 지원하지 않은 일이 새삼 다행스럽게 느껴졌다. 이 모든 것이 남한에서 민간인으로 살아본 적이 없기 때문이었다.

1951년 10월 29일

마지막 일기를 보니 오늘 사흘 만에야 일기를 쓰게 된 것 같다. 그제부터 열이 재발하고 다리가 쑤시기 시작하더니 드디어 복사뼈가 뭉치도록 다리가 붓고 말았다. 그래서 그동안 병실 밖이라곤 나가보지도 못하고 소변기에 겨우 소변을 보았으며 오늘까지도 그렇게 지내고 있다. 그동안 소변기를 갖다주고 여러모로 도와준 편원식(片元植) 형에게 어떻게 감사해야 할지 모르겠다. 돌이켜보건대 27일 아침부터 있다던 사열이 그날 오후까지 아무 소식도 없었다. 그러나 단정히 정리해놓은 침구 속에 아프다고 다시 드러누울 수도 없는 형편이었다. 하루 종일 눕지도 못하고 피곤을 참고 있었기 때문인지 갑자기 열이 나기 시작해 그날은 저녁도 먹지 못하고 앓기 시작했던 것이다. 왼쪽 다리는 금방이라도 떨어질 듯, 찢어질 듯 쑤시고 몸은 불덩어리같이 타오르며 두통까지 겹쳐왔다. 그러던 것이 열은 어제부터 평온이 된 듯하고 두통은 오늘 완전히 나았다. 그러나 다리만은 옮겨놓을 수도, 심지어 목다리를 사용할 수도 없을 정도로 아프다. 여기까지 쓰고 보니 앞으로 십 분 후에 전기가 나간다고 한다. 급히 점호 준비를 해야 한다.

부상당한 지 열흘이 지난 후에도 상처난 자리가 아프고 고열까지 난다는 것은 좋지 않은 증상이다. 치명적인 균에 감염되었던 것이다. 그러나 군의관이나 위생병이 열 한번 재준 적 없고 항생제 한번 놓아준 적이 없었다. 과연 대한민국 군의관이 그 정도로 무식했을까? 아니면 항생제가 없었을까? 항생제가 없었던 것은 아니다. 그렇게 무식하지도 않았다고 생각한다. 그러면 왜 내 증상에 대해 하나도 관심을 갖지 않았을까 하는 의문이 생긴다. 좋게 생각할 수 없는 답변이 나온다. 부끄러운 일이다.

나의 부상에는 '좌하퇴부 관통총창'이라는 진단명이 붙었다. 왼쪽 무릎 밑으로 총알이 뚫고 지나갔다는 뜻이다. 걸을 수 있었던 것으로 보아 뼈는 상하지 않은 모양이었다. 다만 걱정되는 것은 혹시 전영환과 같은 불구자가 되면 어떻게 하나 하는 것이었다. 그의 총상은 나와 거의 비슷한 부위에 있었는데, 입원한 지 두 달이 되어서야 상처가 아물었지만 결국 왼쪽 다리를 쓸 수가 없었다. 신경을 다쳐서 그렇다고들 했다. 그의 왼쪽 다리는 훨씬 가늘어졌고 힘도 없어졌다고 했다.

1951년 10월 30일 맑음

따뜻한 가을볕은 졸음이 올 만큼 순순히 내리쪼이고 있다. 그러나 한편으로는 선선한 가을의 냉기를 현저히 느낄 수 있다. 하도 자리에만 누워 있으니 목도 굳어지는 것 같고, 허리가 아프고 궁둥이가 쑤신다.

26일 이후로는 아직 바깥 구경을 하지 못했다. 밖의 풍경이 몹시 보고 싶어 아픈 다리를 손으로 받든 채 앉은걸음으로 유리창 가로 가서, 창문 턱에 걸터앉았다. 앞에 내다보이는 들판에는 희고 검은 옷을 입은 농민들이 무엇을 하는지 바쁘게 일하고 있다. 호리를 끄는 사람, 야채를 추수하는 사람, 때로는 색치마 색저고리를 펄펄 날리는 밀양 아가씨들이 상이군인들의 놀림을 받으면서 지나가기도 하고, 들판의 어떤 농가에서 아가씨들의 큰 웃음소리가 터져나오기도 한다. 이런 풍경들을 보며 나 또한 바깥을 자유로이 다녀보았으면 하는 소망이 생겼으나, 아픈 다리가 다시 저리기 시작해 침구로 돌아와 그대로 몸을 파묻고 말았다. 외출 갔다 온 전우들은 술을 한잔씩 하고 들어온 모양이었다. 나는 언제나 자유로이 외출할 수 있을까 생각하고는 다시금 아픈 다리를 더듬어보았다.

1951년 10월 31일 맑음

오늘은 기분이 몹시 상쾌하다. 며칠 만에 처음으로 목다리에 몸을 의지한 채 혼자서 변소에 다녀왔기 때문이다. 물론 일단 변소에 다녀오면 몇 분간은 다리가 쑥쑥 쑤시고 뻐근하게 아프다. 그러나 나아진 다리를 볼 때마다 쾌활한 마음을 금할 길이 없다. 그동안 옆에 있는 전우들에게 소변기를 갖다달라고 부탁하기가 늘 미안했다.

1951년 11월 1일 맑음

복잡하던 병실은 빈집같이 조용하다. 언제나 떠들썩하던 병실이었는데 오늘은 거동이 불편한 환자 십여 명만 남고 모두들 본원에서 개최한 콩쿠르대회 및 웅변대회를 관람하러 간 것이다. 병원 앞에 비행장이 있는 줄도 몰랐는데 별안간 '아까돔보(소형 비행기, 일본어로 '빨간 잠자리'라는 뜻)' 네 대가 착륙해 있다. 여기저기 조그만 중학생들이 주위에 둘러서서 비행기를 구경하고 있다. 아픈 다리도 다른 날보다 좀 가뿐한 느낌이어서 마음까지 쾌활해지는 것 같다. 변소에도 두 번이나 혼자 다녀왔다.

1951년 11월 2일 금요일 맑음

아침식사를 마치고 곧바로 내일 있을 사열 준비를 시작했다. 침구를 죄 들어내고 일주일간 쌓인 먼지를 모두 털어내고 보니 침구가 더 푹신푹신해진 느낌이다. 저녁식사를 마친 후에는 본동에서 영화가 상영된다고 해 모두들 나갔다. 텅 빈 병실에 단정하게 정돈된 침구만이 더욱 눈에 뜨인다. 병실 한구석에 환자 몇이 누워 있을 따름이다.

1951년 11월 3일 토요일 맑음

인생이란 모름지기 위대한 희망과 목표를 가지고 찬란한 앞날을 위해 살아나가야 한다. 그런 가운데 인생의 즐거움을 느끼고 참된 생활을 창조할 수 있는 것이다. 희망이 없는 인간은 아무것도 달성할 수 없다.

그런 자의 일상은 오로지 누에의 삶에 불과할 것이며 눈부시게 발전, 향상하는 사회는 이들을 비웃을 것이다. 나는 희망과 목표가 없는 인간인가? 그렇지는 않다. 미약하나마 나의 희망과 목표가 있고 내가 창조하려는 미래가 있다. 그러나 마음속에 품은 희망과 목표를 위해 적극적으로 활동하지는 못하고 있다. 요즈음 나의 생활과 감정은 어쩐지 낙오되고 있다는 생각이 든다. 어쩌면 인간생활에 대한 흥미를 대부분 잃어버린 것일지도 모른다. 외면적으로는 자극에 둔한 인간이 된 듯도 하나 실은 안타까운 번뇌와 끊이지 않는 고민으로 가득 차 있다.

눈만 감으면 환하게 나타나는 아름다운 내 고향 땅, 그리고 행복했던 옛 추억! 번개같이 스며드는 그리운 어머님과 가족들의 얼굴! 우리 가족은 모두 살아 있을까? 계속되는 괴로운 공상 끝에 결국 이와 같은 패배의식을 갖게 되지는 않았는가? 따지고 보면 나도 그렇게 낙오된 인간이라고는 할 수 없다. 내일부터 다시 시작하겠다. 새 출발의 신발끈을 단단히 매고 떠나겠다. 오! 하늘이여, 저에게 새 희망과 포부를 품을 수 있는 용기와 환경을 주옵소서.

1951년 11월 4일 일요일 맑음

오늘은 아침부터 일석점호 때까지 하루 종일 장편 탐정소설 『보굴왕』만 읽고 있었다. 소설을 다 읽고 어떤 신비감을 느꼈다. 이 세상에도 그러한 비밀이 존재하지 않을까?

오늘 열두 명의 환자가 우리 호실에 새로 입실했다. 소속은 대부분

3사단인 듯하다.

1951년 11월 5일 월요일 흐림

당장이라도 비든 뭐든 올 것처럼 흐린 날씨가 아침부터 나를 우울하게 했다. 온종일 무엇에도 취미를 못 붙이고 물끄러미 천장만 쳐다보며 허무하게 누워 있었다. 다시 머릿속에 떠오르는 '옛 추억'! 이 세 글자가 하루 종일 나를 괴롭히고 슬픔과 외로움의 절벽으로 유인하는 것 같다. 게다가 오늘따라 나를 기분 나쁘게 하는 것은, 목구멍(또는 가슴속)에서부터 솟아나오는 이상한 냄새와 함께 가래침에 섞여나오는 거무죽죽한 피. 가슴속에서 어떤 미세한 벌레가 움직이는 것 같다. 아! 지금 내 건강은 어떤 위기의 전초에 들어 있지 않은가? 이 질문이 나로 하여금 더 높은 공상의 날개를 펴게 하는 동시에 깊은 함정 속으로 몰아넣는 것 같은 기분이다.

1951년 11월 6일 화요일 흐림

어제부터 계속되던 흐린 날이 오늘도 갤 줄을 모르고 무겁게 찌푸려 있더니, 저녁녘에 이르러 드디어 실비와 비바람으로 변하고 말았다. 하루 종일 누워 있던 나는 창가에 가서 비바람 치는 밖을 내다보았다. 사뿐사뿐 내리는 안개비에 이따금 냉정한 비보라가 섞여 있었다. 침침한 밖의 날씨는 또다시 나를 공상의 가시밭길로 몰아넣고 말았다. 한편 오늘 퇴원심사에서 원호대로 가게 되었다고 벌써부터 제대의 앞날을 계획하고 있는 전우들. 아! 그들의 가슴에는 찬란한 미래가 약동하고 있을 것이다. 혹시 나도 제대하게 될까 생각해보았다. 제대한다면 지금의 건강 상태로 생존해나갈 수 있을까? 현저하게 여위어가는 팔목을 재어보니 몹시 걱정되며 가슴이 답답해진다. 다시 깊은 한숨을 쉬어보았다. 마치 조여오는 가슴을 회복이라도 하려는 듯이…… 혹시 담배가 몸에 나쁘지 않을까? 오늘 저녁부터 배우고 있던 담배를 끊어버리겠다고 결심한다. 그것이 건강에 조금이라도 도움이 될지는 모르겠다. 결코 해는 안 될 것 같다.

1951년 11월 7일 수요일 흐림

나는 요즈음 악마같이 덤벼드는 공상의 습격을 피해볼 목적으로 다 떨어진 연애소설을 읽기 시작했다. 제목이 '새벽길'이라는 것은 알고 있으나 처음도 끝도 없는 소설책의 중간 부분이다. 저자도 모를뿐더러 발행 연도조차 알 수 없는 것이었으나 읽어보기로 했다. 엉클어진 사랑 문제가 돈 문제로 더 복잡해지다가, 결국은 남자가 돈 있는 여자 쪽으로 쏠려가버리는 내용이었다. 과연 돈이란 인간을 악마로 만들 수도 있는 존재다. 돈 때문에 희생되고 돈으로 출세도 하고 말이다. 오늘날의 사회에서도 이런 일들이 빈번히 일어나는 것을 유감스럽게 생각하며 나도 어쩌면 돈 때문에 희생될 수 있겠지 하고 생각해본다.

1951년 11월 8일 목요일 맑음

저녁식사가 끝난 후 주반병(週班兵)의 전달사항이 있었다. 지난번 퇴원심사에서 병종을 받은 사람들은 내일 오전 일곱시에 원호대로 출발한다는 내용이었다. 이어서 병실이 소란해지기 시작했다. 온 병동이 떠나갈 것 같았다. 이 병실에서도 저 병실에서도 곧 떠나갈 육군병원을 생각하며 섭섭함과 기쁨과 희망이 엉킨 심중한 노랫소리로 일대 소란을 일으켰다. 특히 섭섭한 것은 수일 전부터 나를 사랑해주시던 구윤회(具尹會) 상사님도 내일로 이별하게 된다는 것이다. 그러나 구상사 본인이 원하시는 일이니, 진심으로 기뻐하며 모든 일이 뜻대로 되기를 기원할 따름이다.

1951년 11월 9일 금요일 맑음

아침식사가 끝난 후 인사이동이 있었다. 그 결과 총원은 서른한 명이 되었다. 그리고 내일 있을 사열 준비를 위해 대청소를 했다. 그후 세면을 하고 발을 씻었다. 저녁 무렵에는 영화를 관람했다. 모두들 구경 나가고 나니, 병실에는 보행하지 못하는 (나를 포함한) 열세 명의 환자만이 남아, 다시 쓸쓸하고 외로운 기분을 느끼게 되었다.

운동장 이곳저곳에 면회 온 사람들이 누군가 맞이하여 재미있는 이야기들을 주고받는 광경이 눈에 가득하다. 그러나 나와 동반하는 것은 이 목다리밖에 없다. 유일한 친구이며 은인인 목다리와 더불어 현관문 밖으로 산보를 나갔다. 가슴은 또다시 우울함과 슬픔으로 가득 찼다.

1951년 11월 10일 토요일 맑음

아침부터 오늘 받아야 하는 사열 준비에 분주했으나 결국 생략되었다. 하루 종일 평범한 기분으로 지냈으나 저녁식사 후에는 기분이 급변했다. 우리 병실의 서무계로 있던 이중사를 비롯하여 이미 제대한 사람, 그리고 원호대에서 13차 제대심사에 합격한 사람들 서너 명이 우리 병실을 방문했기 때문이었다. 그들에게서 원호대의 실정 및 상이군인의 형편들을 전해 듣고 보니 마음이 조급해졌다. 상처는 언제나 완치될 것인가? 제대는 할 수 있을까? 만약 제대한다면 또 내 앞길은 어떻게 될까? 넓디넓은 사막 한가운데 홀로 앉아 있는 방랑객의 처지에 가까운 나의 입장을 생각해보았다. 무언가 급히 재촉하는 듯한 한편 황홀하고 막막한 느낌도 받는다.

1951년 11월 11일 일요일 맑음

오늘은 일요일이라 매우 여유로운 기분이 든다. 병사 앞 들판에는 유달리 사람들의 왕래가 잦다. 나에게는 교복에 학생모를 쓴 중학생들의 동태만이 유난히 눈에 들었다. 학생 시절을 회고하고 그때와 비교해보고 또 그들의 행동을 일일이 눈여겨보았다. 고급중학교 시절 오래간만에 외출해, 황주읍 십자거리의 내리막길을 걸어서 인민병원으로 가뿐가뿐 발걸음을 옮기던 그 추억이 상쾌하다. 나는 언제나 학생모를 다시 써볼 수 있을까? 불가능하겠지. 여하튼 제대 후 자유로운 몸만 되면 나도 무엇이든 될 수 있지 않을까 하고 생각해본다. 어떠한 수단과 방법을 써서라도 만족을 느낄 때까지 배워보겠다. 배우고, 배우고 또 배우자. 오직 아는 것만이 힘이다.

1951년 11월 12일 월요일 비 온 후 갬

이른 아침부터 내리기 시작한 안개비가 점심경에 그치고 하늘은 뜻밖에도 새파랗게 개었다. 점심식사 후에는 밀양극장에서 연극 공연이 있어 우리 병동에서도 관람하러 갔다. 병실 안은 다시 조용해졌다. 오래간만에 세수를 하고 나니 참으로 상쾌한 기분이다.

1951년 11월 13일 화요일 맑음

아침부터 가래침에 또 좋지 않은 냄새를 품은 붉은 피가 섞여 있었다. 내일 뢴트겐 검사를 받아보라는 처방을 받았다. 다리의 총창은 오늘로 완전히 아문 듯하다. 그러나 여전히 보행은 불가능할뿐더러, 이런 때일수록 상처에 주의해야 할 것이다. 만약 부주의로 말미암아 속에서 곪게 된다면 그 고생과 결과는 말할 수도 없을 것이다.

1951년 11월 14일 수요일 맑음

예정했던 바와 같이 조반을 먹은 후에 본원에 뢴트겐을 찍으러 갔다. 아직 목다리로는 백 미터도 걸어본 적이 없는 나로서는 다른 환자들과 동행하기가 너무 힘들었다(본원은 꽤 먼 거리에 있었다). 본원에 도착하니 손바닥은 물집이 잡힐 듯이 빨개져 있었으며 어깨 근육이 뻐근하게 아팠다. 유감스럽게도 마침 전기가 나가 있어 한 시간가량 기다리다가, 겨우 열다섯 명 정도 검사를 마쳤는데 그만 점심때가 되었다. 점심을 먹기 위해 우리 분원까지 애를 쓰고 돌아왔다가 식사 후에 또다시 본원에 가서 뢴트겐 사진을 찍고 돌아왔다. 밀양은 전쟁중인 도시의 거리치고는 너무 화려하고 난잡한 듯한 느낌이 들었다. 남한에 내려와서 처음 보는 후방도시의 모습이었는데 마음에 들지 않았다. 물론 양식이 풍부함은 발전된 증거이기도 하겠으나 사치한 이면에는 빈곤하고 처참한 인간들 또한 수없이 눈에 들어왔던 것이다. 가슴이 아팠다. 나는 불쌍한 사람들을 동정한다. 내 처지가 그렇기 때문이기도 하다.

이런 생각을 하면서 나는 다른 환자들과의 대열에서 떨어지지 않으려고 열심히 따라 걸었다. 등과 겨드랑이는 축축하게 땀으로 젖었고 팔목의 힘줄은 끊어질 듯 아팠다. 빨갛게 된 손바닥도 건드릴 수 없을 정도로 아팠다. 간신히 병실에 도착해 침대 위에 누웠을 때는 발목마저 쑤시기 시작했다. 왼쪽 다리의 상처도 겉으로 곪는 듯한 느낌이었다. 하루 종일 괴로움이 몸에서 떠난 적 없는 날이었다.

1951년 11월 15일 목요일 비

하늘이 아침부터 낮게 흐리더니 드디어 비로 변하여 하루 종일 안개비를 내렸다. 오늘은 유난히도 깊은 생각에 잠겼다. 어떤 환자에게는 어머니와 동생이 면회를 왔다. 어떤 전우는 집에서 온 편지를 받고 기뻐서 날뛰고, 또 어떤 전우는 편지를 쓰느라고 열심이다. 특히 면회 온 동생이라는 사람은 검은 잠바에 교복을 입은 고등학생인 것이 나로 하여금 일종의 질투심을 갖게 했다. 내 머리는 복잡한 생각으로 가득 찼다. 이런 생각들을 잊어버리려고 모윤숙 작 『렌의 연가』를 몇 페이지 읽었으나 머리에 들어오지 않아 그만 덮어버렸다. 잠들어보려고 애를 썼지만 옆 친구들의 장난으로 잠마저 잘 수 없었다. 그리운 옛 추억만이 나를 안타깝게 했다.

1951년 11월 16일 금요일 맑은 후 비

오늘은 금요일. 일주일간의 대청소를 하는 날이다. 예정대로 침구를 털어내고 관물 일체를 검사 맡았다.

오후에 한 모녀가 면회를 왔다. 부지중에 누님의 생각으로 머리가 꽉 찼다. 가정형편으로 보아 특히 다정할 수밖에 없었지만, 누님은 나를 특별히 사랑해주고 염려해주었다. 황주고등학교에 다니던 작년이 생각난다. 일요일을 이용해 인민병원에 찾아가면 몹시 반가워하던 누님의 얼굴. 근심스런 일이 생기면 나 이상으로 걱정하고 안타까워하던 누님의 초조한 얼굴. 부족한 비용을 절약해 학비를 보태주느라 애쓰던 누님의 정성. 인민병원 복도에 위생복을 입고 나타나던 누님의 아름다운 모습. 나는 참된 누님을 가졌음을 한없이 기뻐했다. 그러나 지금은 어디서 어떻게 되었는지? 도무지 알 도리가 없는 안타까운 마음. 지금도 어디선가, 가족들과 같이 나를 염려하며 걱정하고 있을 것이다. 끊이지 않는 가족 생각 끝에 말할 수 없는 비통감이 사무친다.

일기에는 기록하지 않았던 일이 있다. 어떤 전우의 가족이 면회를 왔던 날이다. 당시에는 누가 면회를 오면 바로 좌우측의 침구에 있는 전우들에게 음식을 좀 나누어주는 것이 상례였다. 하루는 내 침구에서 두 자리 떨어진 친구의 가족이 면회를 왔다. 때문에 옆에 있는 친구는 떡과 감을 얻어먹을 수 있었으나 내 차례까지는 오지 않았다. 옆에 민망스레 앉아서 쳐다보기보다는 차라리 자리를 떠나는 것이 쉬운 일이었으나, 상처 때문에 잘 걸을 수 없어서 자리를 떠날 수도 없었다. 나는 돌아누워 자는 척했다. 입 안에 침이 막 고이기 시작했다. 그러니 침을 삼켜야 할 터인데 소리가 너무 크게 날까봐 마음대로 삼키지도 못하고 누워서 고생한 기억이 난다. 떡보다도 감이 먹고 싶었다. 우리 고향은 너무 추운 지방이라 감나무가 없다. 그러니 어머님이 개성 친정에 갔다가 들고 오는 감이 그렇게 맛있을 수 없었다. 이 경험을 하고 나서 제대 후 생활이 곤란할 때도 새 감이 서울 길거리에 나오면 매번 사 먹으면서 그때 생각을 하곤 했다. 미국에 사는 지금도 뒷마당에 몇 그루의 감나무를 심어놓고 다람쥐들이 따 먹을까봐 정성스럽게 돌보고 있다.

1951년 11월 17일 토요일 맑음

아침식사를 마친 다음 즉시 사열 검사에 착수했다. 입원한 이래 처음으로 병원장님의 얼굴을 뵈었다. 처음 보는 원장님의 얼굴에는 침착성과 자비심이 묻어났다. 부하들에게 신임을 주는 인상이었다.

1951년 11월 18일 일요일 맑음

타향살이란 실로 무정한 것이다. 누구 하나 돌봐주는 사람도, 염려하고 동정해주는 사람도 없는 것이 타향살이의 슬픔이다. 다정한 말 한마디 들을 수 없는 것이 타향살이인 듯하다. 고향을 떠난 후 나는 기쁨이라는 것을 잘 모르고 지냈다. 하지만 오늘은 새 등대를 찾은 작은 어선과도 같은 기쁨을 느끼며 감사의 눈물을 흘렸다. 백운일(白雲一) 중사가 자기의 가정형편과 월남 후 고생한 이야기를 낱낱이 말해주며 나를 동정하고 격려해주셨기 때문이다.

1951년 11월 19일 월요일 맑음

오늘 아침식사 후에 퇴원심사가 있었다. 우리 병실에서는 네 명이 심사를 받았는데 그중 한 명이 갑종을 받았다고 한다. 갑종을 받으면 다시 일선지대로 전속될 수도 있다고 한다. 나는 다시 걱정스런 공상에 빠지게 되었다. 미지의 장래에 어떻게 대처할 것인가 하는 중대한 문제를 생각해보았다. 곧 일생을 좌우할 중대한 분기점에 도달하게 된다. 만약 병종을 받게 된다면 나는 어떤 방향을 택할 것인가? 제대하는 방향을 택할 것인가, 후방 근무를 지원하고 군대에 남아 있을 것인가? 만약 제대한다면 사회생활의 고통은 어떨까? 무엇을 택해야 할지 도저히 결정할 수 없다. 하루 종일 이런 공상으로 소일했다.

1951년 11월 20일 화요일 맑음

가을은 인생의 진리를 가르쳐주는 시절의 훈사(訓師)라고 한다. 또한 가을은 사색의 심연이라고도 한다. 사색이 없는 인간은 영원히 광명한 날을 스스로 볼 수 없다. 물론 나는 사색하지 않는 인간이 아니다. 그러나 나아갈 바를 모르고 공상의 세계에서 방황하기 때문에 나의 사색은 더 전진할 줄 모른다. 아니, 모른다기보다는 전진할 조건이 안 되어 있다. 동경과 희망이 가득 담겨 있는 나의 사색은 현 조건에 비교해볼 때 헛된 공상이라는 명목을 벗어날 수 없을지도 모르겠다. 성숙의 가을, 사색의 가을은 나에게 자립적 인격의 토대를 보충해주는 계절이어야 함에도 불구하고 이 계절은 나에게서 빛을 걷어버린 듯하다. 나는 가을과 함께 또다시 용기를 일으키려 한다. 하늘이여! 저 따뜻한 태양과 같이 나의 고달픈 호흡, 그리고 이 힘없는 눈동자를 그의 위대한 품속으로 불러주시오! 그리하여 이 애타는 가슴에도 푸른 강물을 이끌어주시오! 저녁에는 비스킷과 담배(Chesterfield, 화랑)를 보급받았다.

1951년 11월 21일 수요일 맑음

투명한 창문으로 새어드는 선명한 아침 햇발에 깜짝 놀라 눈을 떴다. 아침의 광명이 찾아왔다. 암흑과 냉기의 밤은 가고 새 아침이 왔다. 창밖으로 보이는 높고 푸른 가을하늘이 용솟음치는 청춘의 희망을 재촉하는 듯하다. 병실 앞 화단에 미풍이 스쳐간다. 바람이 스쳐갈 때마다 화단의 수목은 성숙의 계절에 동참하려는 듯 가느다란 실 노래를 부른다. 화단 위로 날아가는 한두 마리의 새 소리가 유난히도 환희를 퍼붓는 듯 귓가에 쟁쟁하다. 이런 명랑한 아침 풍경을 보며 둔감한 나도 환희에 찬 오늘을 맞이하려고 힘차게 잠자리에서 일어났다. 하루 종일 나 자신을 격려하며 지냈다.

1951년 11월 22일 목요일 맑음

마음 한구석에서 기쁨이 솟아나고 있다. 오늘 치료시간에 상처가 제법 아물어가는 것을 확인했기 때문이다. 이제 며칠만 있으면 나도 목다리를 버리고 걸을 수 있다는 생각에 이런 기쁨이 발현되었다고 본다. 오후에는 병실에 있는 대부분의 전우들이 목욕을 하러 갔다. 병실에 남아있던 나는 그 틈을 타서 누군가 보다 두고 간 작은 소설책을 읽었다. 『복수』라는 탐정소설로 매우 흥미로운 이야기였다. 잠시도 쉬지 않고 한숨에 다 읽어버렸다. 피해자인 명호의 결심과 모든 일이 그의 소원대로 수행되는 내용이 꼭 내가 바라는 장래 계획의 진척같이 느껴져서 마음이 시원했다.

1951년 11월 23일 금요일 비 온 후 갬

이른 아침부터 뽀얀 안개비가 내리기 시작했다. 열시경에 비가 그치고 안개가 걷히더니 정오에 이르러서는 제법 맑게 개었다. 침울하던 감정도 안개와 함께 증발한 듯 오후에는 명랑한 기분이었다. 신용세(辛龍世)의 가족이 면회를 왔다. 면회를 올 줄 모르는(?) 나의 가족! 다시 한

번 이곳이 경상도 땅임을 깨닫고는 슬퍼졌다. 아! 우리 가족은 지금쯤 어디서 어떤 고생을 하고 있을까? 천장을 쳐다보며 시간을 죽이기 위해 피타고라스의 정리를 증명하는 법을 생각해보았다. 벌써 다 잊어버렸다. 내 머리도 어지간히 둔한 셈이다. 누구 물어볼 사람 없나? 일석점호 때는 김병섭(金炳燮) 상사로부터 기합을 받았다. 병실 내에서 안전 가미소리(면도날)를 분실한 까닭이다. 상처 때문에 기합은 면했으나 다른 전우들 보기가 미안했다. 저녁에는 기대하고 있던 배급이 나왔다.

1951년 11월 24일 토요일 맑음

아침에 일어나보니 허리와 등이 매를 맞은 듯 뻐근했다. 어젯밤부터 시작된 추위에 허리를 펴지 못한 채로 잠을 잔 까닭이다. 오늘 날씨는 몹시 사나웠다. 푸르던 하늘은 언 듯 창백했다. 예정대로 사열 검사를 받았다. 사열은 주반사관이 실시했다. 오늘부터는 치료를 받지 않아도 된다. 김병섭 상사는 실장이 되었다.

1951년 11월 25일 일요일 흐리고 비

어제부터 심해진 추위가 오늘은 제법 겨울다운 날씨로 변했다. 사나운 바람과 비보라가 겹쳐 피부에 심한 자극을 주었다. 저녁에는 우리 병동에서 영화가 상영되어 나도 구경가게 되었다. 하지만 피란민 수용소 장면은 부지간에 호흡을 답답하게 했고 결국 눈에는 뜨거운 눈물이 핑 돌았다. 동시에 나로 하여금 복수의 결심으로 두 주먹을 불끈 쥐게 했다. 백발의 할머니들이 깡통을 들고 추수가 끝난 밭에서 이삭을 찾고 있는 장면. 철부지 어린이들이 배가 고파서 울고 있는 장면. 심한 추위에도 다 해진 천막 속에서 떨고 있는 피란민들의 광경. 그 외 여러 가지 한국의 실상들이 공산당에 대한 분노를 재기시켰고 얼마 동안 잊어버리고 지내던 가족의 소식까지도 새삼스레 환기시켜 나를 절망 속으로 몰아넣고 말았다. 조국 북한 땅을 소련 공산주의에 팔아먹은 역적들을, 평화스럽던 조국을 약탈하고 동족상쟁의 지옥으로 만든 놈들을 어찌 용서하리오!

1951년 11월 26일 월요일 맑음

추위가 어제보다 더 심해졌다. 학생 시절의 기숙사 생활을 연상시킨다. 추워서 병실 밖에는 얼씬도 못할뿐더러 침구 속에서 나오지도 못하고 오전을 보냈다. 오후에는 드디어 난로가 설치되었다.

1951년 11월 27일 화요일 맑음

아침식사가 끝난 후에 실장의 지시대로 침구의 배열을 다시 정리했다. 며칠 전부터 시작된 추위는 오늘도 여전히 계속되어 우리들을 태만하게 만들고 있다.

1951년 11월 28일 수요일 맑음

오늘도 허무한 하루를 보냈다. 병상에서의 생활이란 실로 넋 없는 인간의 생활 같다. 오로지 춥다는 생각 외에는 아무것도 중요하지 않았다.

1951년 11월 29일 목요일 맑음

엊저녁부터 군기가 엄격해지고 있는 것을 느낀다. 오늘 실내의 분위기는 살풍경이다. 아침식사를 마친 후 병원장의 시찰이 있다 하여 실내외 대청소를 하고 대기했다. 청소가 끝난 다음 세면을 하고 나니 상쾌한 기분이 들었다. 수일간 추위에 못 이겨 세수도 못 한 채 침구 속에서 뒹굴기만 했으니 얼굴과 손에 때가 꽤 앉아 있었다. 이번 퇴원심사의 결과 갑, 을종을 받은 전우들은 내일 보충대로 전출되기 때문에 불가부득 내가 불침번을 서야 했다. 네시부터 다섯시까지, 이른 새벽은 죽은 듯 조용했고 희미한 전등불 밑에는 전우들의 숨소리와 함께 서늘한 한기만이 들어차 있었다. 병원에 온 이래 처음으로 담당한 이 불침번 근무가 내 상처가 나아졌기 때문임을 알고 있었기에 감개무량하고 기뻤다.

1951년 11월 30일 금요일 맑음

새벽 여섯시 삼십분에 일찌감치 식사를 하고 보충대로 떠나는 전우들과 이별했다. 박연무(朴淵茂) 중사! 그대는 착실한 인간이다. 부디 행운을 기원하오. 아직 날도 밝지 않은 희미한 전등불 밑에서의 이별은 더욱 서운했고 한줄기 외로움과 슬픔을 금할 수가 없었다. 낮에는 예정대로 사열 검사를 위한 대청소를 했다. 그후에 이발을 하고 이어서 세면을 하고는 전우들이 장기 두는 것을 구경하면서 심심한 하루를 보냈다.

1951년 12월 1일 토요일 맑음

오늘은 12월 1일. 1951년도 이것으로 끝이다. 정월달에 부르짖었던 "1951년을 결전의 해로! 조국통일의 해로!"라는 슬로건도 실현될 가능성이 없다. 고향을 떠난 후 첫 겨울이 온 것이다. 나의 고향 땅에도, 또 지금 전우들이 피를 흘리며 싸우고 있는 저 멀리 일선에도, 이미 겨울의 설풍이 맹렬한 공격을 하고 있으리라 생각하니 몸마저 오그라드는 듯하다. 조국의 최남단인 이곳 경남 땅에도 이제는 가을의 자취가 사라지고 있다. 밤은 점점 길어지고 앞뜰에 우수수 떨어지는 낙엽은 나의 애상을 싣고 지향도 없이 방랑한다. 단풍은 붉다 못해 아스라이 낙엽으로 흩어지고 뒤뜰의 오동나무 잎도 어디론가 사라지고 말았다. 사색과 반성의 가을을 마지막으로 보내면서 애상의 어제를 잊어버리고 희망의 새 세계, 영광의 새날을 맞이하고 싶다. 지금 내 작은 가슴은 옛 학창 시절에 대한 회상으로 가득 차 있다. 오로지 배우고 싶다. 한 가지라도 더 배워 나의 소유물로 삼고 싶다. 점심식사를 마치고 내의 세탁을 했고 편원식 형을 애별하는 기념사진을 찍었다.

1951년 12월 2일 일요일 맑음

하늘은 창백하고 드높아 쌀랑쌀랑 북풍이 불었으나 양지쪽은 제법 봄날같이 따뜻했다. 워낙 심심하기도 했고 또 공상의 세계에서도 벗어나보려고 병실 앞 화단 잔디밭에 앉았다. 어제저녁에 원호대(20중대)의 유해득(柳海得) 중사가 외출을 나왔다가 오늘 오후에야 귀대했다. 유중사의 말을 생각해보니 어쩐지 그곳(원호대)으로 가고 싶어진다. 하지만 그에 따르는 여러 가지 걱정 때문에 다시 공상의 세계로 돌아왔다. 가슴이 답답하다. 눈앞에 보이는 저 철도 연변을 따라 훤하게 열린 평야는 끝없이 연장되고 있는데 나의 앞길은 왜 이렇게 막히고만 있는가?

1951년 12월 3일 월요일 흐린 후 갬

아침에는 날이 흐렸으나 오후에 맑게 개었다. 오늘은 병원장의 생일이라 하여 부식도 특별히 좋았으며 본원 강당에서 육군 정훈국의 환자 위안공연도 열렸다. 그러나 아직 보행이 불편한 나는 다시 쓸쓸한 병실에 남아 있었다.

1951년 12월 4일 화요일 맑음

오늘도 허무맹랑한 하루를 보냈다. 오후에는 1일에 촬영한 사진을 찾았다.

1951년 12월 5일 수요일 맑음

하늘은 아침부터 맑고 높게 개어 나의 영광을 찬양하는 듯 구름 한 점 없이 따뜻한 빛을 던지고 있다. 오후 한시부터 퇴원심사가 있었다. 드디어 언제나 초조와 불안을 주던 중대한 문제가 결정되는 순간에 직면하고 말았다. 오후 한시라는 시각에 내게 내려질 판정! 그것은 십자거리에서 일생의 나아갈 방향을 지시받는 가장 중대한 위기임을 느끼고 있었기 때문에, 심장은 뛸 대로 뛰고 마음을 진정할 수가 없었다. 나는 병종이라는 판정을 받았다. 다행이라 하고 싶다. 이제 방향은 결정되었다. 곧 제대할 것이다. 오랜 숙망의 첫 단계가 달성된 듯싶다. 흥분과 더불어 고민이 동반한다.

1951년 12월 6일 목요일 맑음

원한으로 가득 차 있던 작년 오늘! 별이 움직이고 지구가 회전하더니 아무런 업적도 남김 없이 어느덧 일 개 성상의 세월이 흘러갔구나. 정든 고향과 사랑하는 부모님을 이별하는 비애, 친구를 여의는 슬픔, 공산당을 증오하는 분노와 한줄기 공포 속에서 어쩔 줄 모르던 작년 오늘! 아리따운 내 고향을 다시 악마의 발굽 밑에 넘겨주게 되었던 그날의 비통과 원한을 잊을 수 없다. 이 슬픔과 복수심을 안고 공산군과의 전투에 직접 참가한 지 일 년이 지났으나 소망을 달성치 못한 채 병상에서 신음하는 상이군인이 된 오늘을 생각하니 마음이 아프다. 엊저녁부터 읽기 시작한 비극소설 『검사와 여선생』이란 소책자는 위로는커녕 오히려 가슴을 더욱 아프게 했다.

1951년 12월 7일 금요일 맑음

여전히 아침식사 후에 사열 준비로 대청소를 했다. 그리고 환자복 및 빤쓰와 양말을 세탁했다. 그후에 보급검사가 있었고 저녁식사 후에는 본원 강당에 영화를 보러 갔다가 여덟시 삼십분에 병실로 돌아왔다.

기다리고 기다리던 날이 오고야 말았다. 내일 우리는 원호대에 전속된다. 이 병원, 그리고 정든 전우들과 이별해야 한다. 막상 내 차례가 닥치고 보니 마음이 복잡해진다. 여러 가지 공상들이 떠오르며 부지간에 몸이 떨리기 시작했다. 새 피복 및 훈련화를 보급받았다. 이제 오래지 않아서 나의 생계를 고스란히 내가 감당해야 한다고 생각하니 무서운 공상의 세계에 사로잡혀 좀처럼 잠이 오지 않았다.

진격의 포성은 끊어지고

1951년 12월 8일 토요일 맑음

오늘은 밀양 제7육군병원을 떠나는 날이다. 날이 채 밝기도 전에 아침식사를 하고 여섯시 삼십분에 본원으로 집합해 제51차 퇴원식을 거행했다. 퇴원식중에 애국가를 봉창했다. 남한에 와서 처음으로 불러보는 애국가인 것 같다. 온몸에 전기가 오고 머리카락이 쭉 서는 것 같은 느낌이었다. 눈물이 나오는 것을 억지로 참았다. 퇴원식 후에 갑, 을종은 보충대로 출발했고 우리는 다시 분동으로 돌아와 명령을 기다리게 되었다. 오후 네시 삼십분에 밀양역으로 나왔다. 그러나 기차가 없었으므로 저녁 일곱시 삼십분에야 역을 출발했다. 몸이 몹시 괴로웠다. 기차를 기다리는 동안 하도 춥고 떨리기에 편원식 형과 같이 브랜디 한 잔을 마셨던 때문이다. 먹은 것은 다 토해버렸고 머리까지 아팠다. 밤늦게야 구포의 제839부대(육군 원호대) 제3파견대에 도착했다. 차출을 피하려고 했으나 결국 기간요원으로 선택되어 대대 인사과에서 근무하게 되었다.

1951년 12월 15일 토요일 맑음

세월은 참으로 빠르다. 원호대에 온 지도 어느덧 일주일이 되었다. 그간 무엇을 했던가. 생각해보아도 별로 한 일이 없다. 모두가 낯선 사람들뿐이라 서먹서먹하고 얼떨떨한 가운데 날짜 가는 줄도 모르고 지낸 모양이다. 그래서 밀양육군병원의 그리운 전우들을 방문할 수 있는 외박증을 끊었다. 구포를 출발하기는 오후 세시였으나 밀양에 도착하니 여덟시가 넘은 모양이었다. 날씨가 몹시 추운데다 짐을 가뜩 실은 트럭 위에서 한나절 흔들리고 보니 몸이 언 듯 다리가 잘 움직이지 않고 노상 떨리기만 했다. 병원에 가보니 그리운 친구들도 모두 무고하고 실내에도 아무런 변동이 없었다. 특히 창덕(昌德)이가 몹시 반가웠다. 퇴원했을 줄만 알았던 창덕이는 나를 기다려준 듯 아직도 병원에 남아 있었다. 나는 창덕이와 한이불 속에서 일주일간을 회고하는 즐거운 이야기들을 주고받다가 어느덧 잠이 들었다.

제3파견대는 구포초등학교에 주둔해 있었다. 대대(파견대) 내에는 25, 26, 27중대와 본부중대가 있었다. 27중대는 대대본부와 같은 영내에 있었고 상기식이나 하기식, 그리고 다른 행사들도 학교 운동장에서 본부중대와 같이 거행했다. 25중대와 26중대는 본부에서 떨어진 곳에 있었다. 대대 인사과와 본부중대 본부는 대대 부관부 내의 같은 사무실을 쓰고 있었고 나는 대대 인사과에 속해 있었다. 지원하지는 않았으나 기간요원으로 차출되고 보니 한편 마음도 놓였다. 당장 한두 달 내에 제대를 한다 하더라도 살아나가는 것이 곤란한 입장이었기 때문이다. 내심 가족을 먼저 찾고 제대하기를 바라고 있었다.

부관부에서 일하는 이십여 명의 사병들은 취침시간에 사무실 의자를 책상 위에 올려놓고 발은 책상 밑으로 뻗고 잤다. 국방색 이불 한 채는 마루에 깔고 한 채는 덮고 잤다. 마룻바닥에 깔렸던 이불과 덮고 잤던 이불이 뒤바뀌어 더러운 마룻바닥에 깔렸던 이불을 덮고 자는 경우도 많았을 것이다. 아침에는 이불을 개어 사무실 한구석에 쌓아올려 정돈하곤 했다. 이따금 이불을 밖에 내다 널어서 일광을 쪼이곤 했다.

1951년 12월 16일 일요일 맑음

불과 한 달 반 동안의 병원생활이었지만 집 없고 갈 곳 없는 나에게는 하나의 가정같이 생각되어, 다시 전우들과 이별하고 돌아오기가 너무나 섭섭했다. 그러나 나는 명령에 살고 명령에 죽는 일개 군인이 아닌가? 마지막으로 백운일 중사와 박운양 형을 찾아뵙고 섭섭한 이별의 발걸음을 옮겼다. 부대에 도착한 것은 시내 이곳저곳에 전깃불이 켜지기 시작할 때였다.

1951년 12월 17일 월요일 맑음

오늘 오후에는 극단 국극사(國劇社)가 상이군인 부대인 우리를 위해 구포극장에서 〈열녀화〉라는 창극을 공연해주었다.

1951년 12월 18일 화요일 맑음

지난주 금요일에 실시한 15차 제대자 신체검사에 합격했다. 의외의 기쁜 소식이다. 그러나 순조로이 진행되어 제대증까지 받게 되려는가는 의심스럽다.

1951년 12월 22일 토요일 맑음

수도육군병원으로부터 병력 백여 명이 전입했다. 오후에는 모두들 외박을 나가고 부관실에는 불과 몇 명의 전우밖에 남지 않았다. 쓸쓸한 밤이다. 잊어버렸던 옛 추억과 희망에 찬 미래가 눈앞에 아물거려 슬픔과 즐거움이 마구 뒤엉킨 다정다감한 밤을 보냈다.

1951년 12월 24일 월요일 맑음

좋지 않은 소식이 들린다. 나의 제대 신청이 각하될 것이라고 한다. 좀 실망스럽지만 또 한편 생각해보면 지금 제대가 되더라도 갈 곳이 없지 않은가? 현실을 받아들이고 너무 실망치 말고 살아보자.

1951년 12월 25일 화요일 비 온 후 갬

비 내리는 크리스마스날이다. 제대 신청이 각하될 거라는 예감 때문에 하루 종일 기분이 좋지 않았다. 다행히 오늘 전우들과 같이 단체로 극장에 가기로 했다. 영화의 제목은 '권총의 거리'. 참으로 가슴 시원해지는 영화였다. 밉살스런 무리가 용감한 일개 청년의 힘으로 완전히 정복되고 마는 통쾌한 내용. 하지만 즐거워야 하는 크리스마스는 결국 실망과 고민이 엉킨 쓸쓸한 하루가 되었다.

1951년 12월 28일 금요일 맑음

제대 신청은 각하되었다. 실망하든 낙심하든 무엇 하리! 오히려 정신적 고통은 몸에 해가 될 따름이다. 오늘부터 새 희망을 품고 살겠다. 저녁에 식사당번을 마치고 들어오니 극장에 가려고들 막 서두르고 있었다. 나도 같이 갔다. 영화 제목은 '내가 넘은 삼팔선'이었다. 비참한 장면들이 많이 나왔고 특히 이북에서 고생하는 장면들은 내 가정환경을 그대로 그린 듯해 눈물을 흘리지 않을 수 없었다.

제대 신청이 각하되었다는 좋지 않은 소식을 들었지만 곧 평상심을 회복할 수 있었다. 만약 제대가 되더라도 문제라고 생각했기 때문이었다. 아직 가족도 어디 있는지 모르는데 만 열일곱인 나 혼자서 무엇을 하며 살아나갈 것인가가 문제였다. 그때는 왜 나의 제대 신청만이 각하되었는지 확실치가 않았다. 후에 생각해보니 직속상관인 대대 인사계 박상사가 연대본부에 연락하여 각하시키는 형식을 취했던 것이 틀림없다. 박상사는 나를 서무계로 선출할 때부터 원호대가 해산될 때까지 제대시키지 않고 써먹을 계획이었던 것이 확실하다(뒤에 나오는 '제대하기 위한 싸움'에서 더 자세히 기록하겠다).

1951년 12월 31일 월요일 흐리고 비

오늘은 1951년의 마지막 날이다. 회상컨대 치명적 타격을 받은 해였다. 금년 초하룻날부터 후퇴의 슬픔과 부상까지 얻은, 이후로도 나에게 달콤한 웃음 한번 준 적이 없는 냉정하고 밉살스런 한 해가 아니었던가? 그러나 일생에 다시 오지 않을 1951년과의 영원한 이별에 처하고 보니 여러 가지 감정들이 뒤엉켜 복잡한 마음이다. 아침부터 오후 네시경까지는 내일부터 실시되는 육군 공문의 규정 변화에 대한 교육을 받았고, 그후에는 동래 군수의 참석하에 구포초등학교 아동들의 상이군인 위안회가 강당에서 베풀어졌다.

몹시 재미있는 하루였다. 더구나 밤에는 더한층 흥미진진한 시간이 되었다. 굉장한 회식이 벌어졌던 것이다. 한 해 동안 쌓이고 쌓인 슬픔과 실망, 애태움을 쓰디쓴 술 한 잔으로 깨끗이 씻어버리려는 것이었다. 나도 어느 정도 취했다. 소리 내어 마음껏 울고 싶었다. 1951년이여, 영원히 잘 가거라!

1952년 1월 1일 화요일

새 희망과 환희를 실은 임진년 새해가 왔다. 어두운 천지에 1952년의 새 아침이 밝았다. 지난해의 모든 슬픔과 실망을 깨끗이 씻어줄 수 있는 새날이기를 바란다. 오늘부터 희망에 넘치는 새 생활을 하리라고 맹세해본다. 저녁식사 후에는 새해의 새 기분을 가져보려고 목욕탕을 찾아갔다.

1952년 1월 3일 목요일

오후에는 강당에서 종교영화 〈그리스도의 일생〉이 상영되었다. 많이 배우고 느끼게 되었다. 저녁에 다시 목욕탕을 찾아갔다.

1952년 1월 5일 토요일

오늘은 토요일이다. 식전부터 사열 준비에 바빴다. 외박자가 별로 없어서 오후에도 대부분의 전우들이 남아 있었으나 어쩐지 쓸쓸한 기분이 든다. 저녁식사 후에는 〈배반〉이라는 영국 영화를 보기 위해 외출했다.

1952년 1월 13일 일요일

무감각하고 재미없는 생활을 하고 있는 나 자신이 부끄럽다. 지난 일주일간은 아무런 일기도 남기지 못한 채 지나가고 말았다. 쓸쓸한 병영은 새삼스레 외로움과 슬픔을 환기시키려 한다. 스무 명이나 물 끓듯 하던 부관부 사무실은 빈집같이 조용했다. 하도 답답해서 마음의 위로를 얻으려고 나무를 하러 갔다. 저녁식사 후에는 대륙곡예단의 출연을 감상했다.

부관부 사무실에 난로가 있었으나 불을 피울 장작은 우리가 구해와야 했기 때문에 근방의 산으로 자주 연료용 나무를 구하러 갔다. 도끼나 낫 같은 쟁기가 없어서 맨손으로 주워오곤 했다.

1952년 1월 14일 월요일

이번 16차 제대는 원래 인원수가 많은데다가 추가 인원이 포함되고 공문의 양식도 모두 변경되었으므로, 내일까지 제출해야 하는 행선도별 명부는 야근 없이는 불가능했다. 새벽 세시경에야 겨우 일이 끝났다.

1952년 1월 17일 목요일

지난 이삼 일간은 야근이 필요했고 급히 독촉하는 여러 가지 복잡한 공문들을 작성하느라 몹시 피곤했다. 그래서 저녁식사 후에 목욕을 하러 시내에 나갔다. 돌아오는 길에 '돈이냐 피냐'라는 제목의 연극을 관람했다.

당시 영화나 연극은 상이군인인 우리 부대원들에게는 무료였다. 목욕탕도 무료로 들어갈 수 있었다. 우리는 중대본부에 근무했기 때문에 외출이 비교적 자유스러웠다. 휴가증이나 외박증은 대대 서무계인 내가 발행하고 있었다.

1952년 1월 20일 일요일

날씨는 봄날같이 따뜻하고 하늘은 구름 한 점 없이 맑게 개었다. 예전부터 가려던 부산 임시 황해도청을 오늘에야 처음으로 찾아가게 된 것이다. 기쁜 한편으로 조마조마한 마음이 가득했다. 만약 우리 가족의 이름이 피란민 연락처 명단에 없으면 어떻게 하나 하는 걱정으로…… 실망하고 돌아왔다. 가족의 이름은 없었다. 하물며 알아볼 수 있는 고향 사람들도 서너 명밖에 등록되어 있지 않았다. 돌아오는 길에 같이 갔던 (황해도 송림시가 고향인) 조용필(趙龍弼)씨의 친척집을 찾아보았다. 거기는 순전히 피란민들의 모임터였다. 배급상자로 만든 장난감 같은 굴 속에서 생활하는……

그후에도 나는 몇 번 주말에 짬이 나는 대로 임시 도청의 피란민 연락소를 방문해 가족이나 고향 사람들의 이름을 찾았다. 점심 먹을 돈도 없어서 아예 점심은 굶기로 각오하고 부대를 나섰다. 식사당번한테 늦게 돌아올 테니까 밥과 국을 두 그릇씩 남겨달라고 부탁하고 떠나곤 했다. 저녁에 귀영하여 이인분 식사로 굶었던 점심을 보충하고 나면 녹초가 되어 잠이 들었다. 또 팔에 차는 연락병 표시와 가죽가방을 보여주면 민간인 버스를 무료로 탈 수 있었기 때문에, 대대 연락병으로부터 이것들을 빌려쓴 적도 있다. 민간인 버스를 타지 않을 때는 구포다리(낙동강을 건너는) 옆에 있는 헌병 검문소에서 민간인 트럭이나 군인 트럭을 타고 부산으로 가는 것이 상례였다.

1952년 1월 22일 화요일

병적 명부를 작성하기 시작했으나 사무용지가 부족해 중단되었다. 중대에서 제출해온 '사병 진급추천'은 나를 더욱 우울하게 만들었다. 본부중대가 제출한 진급추천 명단에는 내 이름이 들어 있지 않았다. '나도 빨리 하사(현재의 상등병)로 진급하고 싶다.' 이 생각이 나를 하루 종일 괴롭혔다.

1952년 1월 23일 수요일

어제부터 생긴 우울한 기분이 오늘도 계속되었다. 오후에는 나무를 하러 가는 것으로 기분 전환을 해보았으나 역시 공상이 짬짬이 침범해 나를 고민에 빠뜨리곤 했다. 의무대에서 후방 근무 가능자 명단에 들어 있는 각 중대 대기사병의 재신체검사를 실행했다.

1952년 1월 26일 토요일

오늘은 토요일이다. 사열을 중지하고 기상하자마자 어제저녁에 시작한 TO(table of organization, 조직편성표) 인원 명단을 작성했다. 오후에는 집이나 친척 집에서 음력설을 보내려고 모두들 외박을 나가서 사무실이 텅 비었다. 지나간 추억과 고향의 어머니를 생각하게 하는 슬픔을 지닌 노래들이 여기저기서 흘러나오고 있었다. 노래 끝에는 뜨거운 눈물이 흐르고야 말았다.

1952년 1월 27일 일요일

오늘은 음력설을 반겨 맞는 듯 날씨마저 봄날같이 따뜻했다. 외로운 마음에 조금이라도 환희를 얻어보려 애쓴 하루였다. 시내의 모든 풍경이 집 없는 자의 슬픔을 환기시키려고 애쓰는 듯싶었다. 나는 이 기분을 억제하려고 노력했다. 음주, 끽연 등 본의 아닌 일들을 하면서라도 만인이 즐겨 노는 오늘만은 나 역시 슬픔을 잊어버리고 지내려 했다. 그래서 나영환(羅永煥), 박규택(朴圭澤), 백오현(白五鉉) 등의 동지들과 부산의 설날 풍경도 구경할 겸 김희선(金熙善) 하사의 집을 찾아갔다. 김하사 부모님의 후대로 오랫동안 맛볼 수 없었던 음식과 술을 마음껏 먹고 오후에 구포를 향해 출발했다. 구포에 도착해 이번에는 인사계님의 집을 찾아갔다.

인사계님의 요청에 의해 외출하지 않고 남아 있던 인사과 전원이 한자리에서 신년의 축배를 올렸다. 저녁식사 후에는 '곰'이란 제목의 연극을 관람했다. 이래저래 임진년 음력설을 마음껏 즐기고 놀았다. 귀영해 차디찬 침구에 몸을 파묻었을 때는 술이 이미 깨어 그리운 가족들의 얼굴이 나를 괴롭혔다.

1952년 1월 29일 화요일

오늘도 또 나무. 요새는 거의 매일 나무를 하러 간다. 기분 전환이 되어서 좋다. 돌아오는 도중에 신수점을 보았다. 물론 미신이겠지만 금년 신수는 별로 좋지 않았다.

1952년 2월 1일 금요일

오늘 오후에도 무료함을 참지 못하여 나무를 하러 갔다. 그러나 이것도 오늘로 마지막인 듯하다. 신탄 채취를 금지하라는 명령이 있었기 때문이다.

1952년 2월 3일 일요일

일요일이건만 17차 제대자 연명부 작성 때문에 하루 종일 근무했다. 저녁 일곱시경에 외출을 나가게 되었다. 도중에 박규택, 장세황(張世煌), 김태창(金泰昌)을 만나 25중대 부관 댁을 찾아갔다. 의외로 쾌활한 자리를 베풀어주셨다.

1952년 2월 7일 목요일

9일인 줄만 알았던 인사행정 검열이 행정사무 착오로 오늘 실시된다는 소식이 어제 오후에야 내려왔다. 그래서 어젯밤은 매우 분주한 가운데 밤 열두시경까지 야근을 했고 오늘도 오전 내내 서류 정리에 바빴다. 오후 세시경에 부산의 연대본부에서 온 행정관을 비롯한 부대본부 요원들의 검열이 있었다. 주의는 꽤 받았으나 비교적 우수한 편이라는 평가를 받았다.

1952년 2월 16일 토요일

각 중대별로 사열을 실시했다. 오후에는 의무대의 사무협조(진단서 정리) 요청으로 파견근무를 했으며 밤 아홉시부터 열시까지 불침번을 섰다.

1952년 2월 17일 일요일

어제도 힘껏 일했다. 그러나 오늘은 수일 전부터 세탁할 예정이었기에 의무대에서 근무하라는 것을 거부했다. 그런 내 사정은 조금도 고려하지 않고 무조건 기합으로 제압하려는 인간. 그의 이름은 군의관 박규선(朴奎善, 가명)! 나는 일생 동안 이토록 구타를 당해본 적이 없다. 눈에서 피가 날 정도로 따귀를 맞고 다른 부분도 구타를 당했다. 분노와 서러움이 뒤엉켜 정신을 잃을 지경이다. 또다시 날아오려는 기합 때문에 결국 밤 열시까지 의무대에 남아 근무했다. 내가 보기에 의무대와 인사과는 아무 관계도 없다. 이것이 국군의 일대 모순이다. 그렇다면 요는 제대다. 어떠한 수단과 방법을 써서라도 하루속히 제대해야겠다. 악착같이 제대다.

의무대 상사가 나한테 사무가 너무 밀렸으니 좀 도와달라고 요청했다. 인사계 박상사도 가서 도와주었으면 좋겠다고 하여 일과가 끝난 후인데도 의무대에 남아 이틀 동안이나 도와주었다. 그런데도 한 번만 더 도와달라는 신청이 와서, 미리 세운 계획 때문에 못 하겠다고 대답했던 것이다. 게다가 이날은 일요일이었다. 군의관 박대위가 부른다고 하여, 아마 직접 부탁하거나 명령을 내리려는 모양이구나 하고 갔더니, 들어가자마자 말도 없이 따귀를 갈기기 시작했다. 말로 했더라면 의무대장인 장교의 명령을 거부할 용기는 없었다. 나는 화가 나서 "이것은 직속상관의 명령이 아니니 오늘만은 쉬게 해주십시오" 했더니, 말대꾸를 한다고 더 때리기 시작했다. 정신이 멍해지도록 얻어맞은 후에 야전침대 배트를 쥐는데, 일하지 않으면 그 배트로 때릴 기세였다. 할 수 없었다. 직사하게 얻어맞고 그 자리에서 일을 시작했다. 자존심은 하나도 남아 있지 않았다. 눈이 잘 안 보였다. 후에 보니 눈자위가 출혈되어 있었다. 군의관 박대위는 세브란스의과대학 재학중에 임관한 진짜 의사도 못 되는 사람이었다. 나도 언젠가는 의사가 될 계획인데 너보다 더 훌륭한 의사가 되어 너 같은 인간과는 상대도 안 할 거라고 홀로 다짐했다.

1952년 2월 18일 월요일

요사이 인생의 존재가치를 잃고 공포와 분노가 섞인 분위기 속에서 살고 있다. 우울한 기분을 바꿔보려고 저녁식사 후에는 시내로 나가 구포초등학교 아동들의 학예회를 관람했다.

1952년 2월 20일 수요일

아무 일도 손에 잡히지 않고 사무실 안에 있고 싶은 마음도 없어서 일과시간 내내 사무실 밖에서 이럭저럭 하루를 보냈다.

1952년 2월 21일 목요일

흐린 기분은 여전히 회복되지 않는다. 오후에는 침구 일광소독을 감시하느라 사무실을 떠나 밖에서 보냈다.

1952년 2월 25일 월요일

신규 군인가족 증명 신청서 및 반납자 명부를 작성했다. 오후에는 가족의 거처를 탐지하기 위해 '기러기통신보'에 세 명의 이름을 기입하여 제출했다. 작은형님 박영근, 외삼촌 이명식, 친구 오동화. 밤에는 불침번을 섰다.

1952년 3월 1일 토요일

여전히 사열 준비로 대청소를 마친 후에 삼일절 기념 행사를 거행했다. 오늘은 토요일이므로 모두 외박을 나간다. 물론 나는 갈 곳이 없다. 그러나 나도 외박증을 끊어 자유로이 외출을 하면서 쓸쓸한 감정과 외로움을 묻어버리려고 노력했다. 이원규(李元圭) 중사, 나영환과 같이 시내로 외출해 우선 인사계님의 집에 들렀다. 인사계님은 볼일로 양산에 가셔서 안 계셨다.

이중사 덕분에 술을 한잔 마셨다. 술은 사람의 기분을 상쾌하게 만들어주건만 나는 술을 마시면 더욱더 민감하고 슬퍼지는 것 같다. 그리운 옛 추억이 나를 더 괴롭힌다. 바로 옆에서 만취한 나영환이 고향의 노래를 부르며 눈물을 흘린다. 나도 울고 싶다. 하지만 울어보아도 시원치 않은 것. 다시 마음을 진정하려고 애를 쓰다가 밤 열시경에야 병사로 돌아왔다. 병영은 쓸쓸하다. 나는 차디찬 이불 한 자락을 덮고 꿈나라로 갈 것을 재촉했다.

1952년 3월 2일 일요일

오늘은 일요일. 쓸쓸한 기분을 잊어보려고 복잡 번화한 부산을 찾아갔다. 피란민 연락소를 두 군데나 들렀으나 가족의 이름이 없어서 실망했다. 동행한 (평안도가 고향인) 유성윤(劉聖允) 하사의 옛 친구들을 만나 초면에 많은 폐를 끼치고 저녁 여섯시에야 부산을 출발했다. 부대에 도착했을 때는 이미 여덟시가 가까웠다. 오므라이스라는 것을 처음 맛있게 먹어보았다.

1952년 3월 9일 일요일

세월은 빠르다. 오늘이 벌써 일요일이다. 외출을 해도 특별히 갈 곳은 없으나, 다시 부산으로 나가서 하루를 지내기로 했다. 영내에 외로이 남아 있게 되면 쓸데없는 공상과 옛 추억으로 슬퍼지는 것이 통례였으므로 그렇게 결정한 것이었다. 부산에 도착해 먼저 동행한 조용필씨의 친척들이 피란생활하는 곳을 찾아갔다. 곤궁한 피란생활중에도 정성스레 차려주는 점심을 얻어먹고는 다시 임시 황해도청을 찾아가서 대구, 대전 및 인천 지구 피란민들의 명부를 들춰보았다. 다시 실망하고 저녁녘에 부대로 돌아왔다.

1952년 3월 21일 금요일

꿈인가 하고 몇 번이고 더듬어보았으나 확실히 누님의 글씨였다. 그렇게 걱정하던 가족들의 거처를 알게 되었다. 갑자기 얼굴이 뜨거워지며 심장이 두근거리고 눈물이 나오는 것을 막을 수가 없었다. 이 편지는 6사단 수색대의 강남용 형으로부터 송부되어온 것이었다. 남용에 대한 감사한 마음을 어떻게 표현해야 좋을지 알 수가 없다. 편지를 읽으며 새삼스레 옛날을 회상케 되었다. 화목하던 가정은 말할 것도 없지만 피란 중에 내가 단 하루도 어머님과 가족들을 보살피지 못했다는 것이 무엇보다 뼈아프게 느껴졌다. 가족의 생활고를 상상하니 가슴이 답답해지는 것을 느꼈다. 누님에게 긴 회답의 편지를 쓰고 새벽 두시까지 불침번을 섰다.

누님의 편지는 간단한 내용이었다. 그저 내 주소를 확인하려는 것이었고 가족에 대해서는 아무런 말도 없었다. 나는 두세 장의 긴 답장을 썼는데 주로 아버님께 보내는 내용이었다. 우선 얼마나 고생을 겪고 남하하셨는지 여쭙고 어려운 때에 부모님과 함께하지 못한 불효자식으로서 용서를 빌었다. 그리고 내가 6사단 수색대를 거쳐 7연대 보병으로 용감히 원수들과 싸우다 부상당해 지금은 육군 원호대에서 제대를 기다리고 있다고 쓰고, 곧이어 경상이기 때문에 몸에는 아무런 지장도 없음을 밝혔다. 빨리 제대해 지금까지의 불효를 보충하도록 노력하겠다는 내용도 덧붙였다.

1952년 3월 23일 일요일

아침식사를 마치자마자 부산에 있는 부대본부를 향해 출발했다. 오늘부터 삼 주간 육군본부로 파견근무를 명령받은 것이다. 조용필씨와 같이 오전 여덟시 열차로 대구를 향해 출발했다. 오늘부터 파견근무의 일과가 시작된다. 우리의 임무는 육군 원호대 제3파견대 사병들의 군번카드를 찾아서, 육군 원호대에 배속되어 있음을 확인하고 기록하는 일이었다. 낮에는 육군본부 행정요원들이 군번카드를 써야 했기 때문에 우리는 밤에만 카드 정리를 하게 되어 있었다.

1952년 3월 31일 월요일

이곳에 온 지 일주일이 지났다. 낮에는 자유로이 외출할 수 있었으나 밤에는 근무를 하느라 몹시 피곤했다. 특히 우리의 임시 병사인 이곳 육군 원호대 제2파견대는, 다른 대대에 비해 주식과 부식이 매우 부실했다. 낮에 외출은 할 수 있었지만 목적이 없으니 맹목적으로 거리를 헤맬 뿐이었고, 헌병들의 비합법적인 감시도 심해서 실제로는 외출도 별로 안 하고 일주일을 지냈다.

1952년 4월 1일

조용필씨와 같이 황해도 피란민 대구지구 연락소를 방문했다. 우리 고향 사람의 이름은 하나도 찾지 못했다. 돌아오는 길에 문화극장에서 〈싱고아라〉를 보았다.

이날 조용필씨와 나는 큰 봉변을 당했다. 하도 억울하고 창피해 일기에는 기록하지 않았다. 둘이서 황해도 피란민 연락소에 갔다가 실망하고 나와서 대구 시내를 걷고 있는데, 티셔츠에다 군모를 쓴 어떤 장교 같은 사람이 자전거를 빈둥빈둥 타고 있었다. 이쪽을 보면 경례를 하려고 조심히 보면서 걸었는데도 우리를 쳐다보지 않아서 경례를 못 했다. 얼마 있다 그가 되돌아와서 소리를 지를 때에야 중위 계급장이 보였다. "이 자식들아, 장교한테 경례도 안 해?" 하고 큰 소리를 치니 동네 아이들과 어른들이 무슨 일인가 하고 모여들었다.

군중 앞에서 기합을 주는데 본인이 직접 때리지도 않고 우리끼리 서로 따귀를 치라는 것이었다. 힘껏 칠 때까지 계속한다고 했다. 조용필씨는 나보다 나이가 훨씬 많은 분으로, 일제시대에 (황해도에서 제일 좋은) 해주동중학교를 졸업해 내가 늘 존경하고 형님같이 생각하던 분이었다. 그래서 나는 힘껏 칠 수가 없었다. 그것을 본 장교가 우리가 힘껏 칠 때까지 계속하겠다고 하여 한동안 정말로 힘을 다해 서로 따귀를 때렸다.

우리의 왼쪽 볼은 빨갛다 못해 붓기까지 했다. 개똥보다도 더 심한 모욕을 당한 셈이었다. 나는 엉엉 소리 내며 울었다. 조용필씨는 아무 말도 없이 참으셨다. 그래서 홧김에 둘이서 극장에 들어갔던 것이다. 꼭 빨리 제대하자고 거듭 다짐했다.

1952년 4월 12일

누님의 편지를 생각하니 하루 바삐 부대로 복귀하고 싶었다. 이틀간의 휴무를 이용해 특별 외박증을 받아가지고 부대로 돌아왔다. 네 장의 편지가 나를 기다리고 있었다. 두 장은 누님의 편지, 한 장은 (거제도 포로수용소에서 근무하시는) 김윤중(金允中) 중위의 회답, 또 한 장은 6사단 7연대 1대대 4중대 이원구 상사의 회답 편지였다. 나를 놀라고 실망케 한 것은 누님의 편지였다. 앞이 캄캄해지며 하늘이 무너지는 것 같고 금방이라도 기절할 듯했다. 아! 이 불행한 소식이 악몽이기를 바라나 결국 깨어지지 않는 현실이다. 그러나 나 때문에 걱정할 누님을 안심시키기 위해 즉시 회신했다.

누님의 편지 내용은 다음과 같았다. 부모님과 나머지 가족(큰형수님과 두 어린 조카, 그리고 누님)은 공산군에게 포위당해 남하하지 못했다. 누님은 고향 사람 한 분과 경기도 개풍군(開豊郡) 어떤 농가에 숨어 있다가, 이듬해 봄에야 겨우 남하해 다행히 남한에서 공부하고 있던 작은형님을 만나게 되었고 지금은 수원에서 방 한 칸을 빌려 같이 살고 있다. 절망적인 소식이었다.

고향을 떠날 때 우리 가족은 어떤 친지의 우차에 짐과 어린 조카들(용빈, 용희)을 싣고 남하하고 있었는데, 우차를 모는 사람과 그 가족 몇 사람이 적극적으로 남하할 생각이 없어 뒤처지기 시작했다 한다. 다행히 일단 철로가 있는 신막읍까지 와서 마지막 기차를 탈 수는 있었다고 한다. 그러나 짐을 실은 우차가 도착하지 않았으니 소지품 하나 없이 남하할 수도 없어서, 그 우차를 기다리다가 마지막 남쪽행 기차를 놓쳤을 뿐만 아니라 공산군에게 포위되고 말았다는 것이다. 어쩔 바를 모르고 있던 참에 마침 우리 집안과 아주 가까이 지내던 고향 친지 한 분이 어린 아들을 데리고 같이 포위되어 왔다고 한다. 이분도 북한에서 반동분자로 몰려 아버님과 같은 형무소에서 지낸 적이 있는 터라 생명을 걸고라도 남하해야 할 입장이었다. 가다가 죽는 한이 있더라도 누님을 데리고 가라는 아버님의 부탁을 받고 계속 남하해 경기도 개풍군까지 왔고, 어떤 농갓집 할머니의 도움으로 다음해 봄까지 숨어 있다가 남한으로 내려올 수 있었다는 내용이었다.

마지막 이별할 때의 계획은 나머지 가족들이 신막 근처 시골에 남아 국군이 다시 북진할 때까지 기다리는 것이었다고 한다. 작은형님은 현재 미 헌병중대에서 통역관으로 일하고 있어 겨우 두 식구가 먹고살 수는 있는 형편이라고 했다.

1952년 4월 16일

육군본부 파견근무는 어제로 끝났다. 오전 여덟시 기차를 타고 부산에 도착하니 정오가 다 되었다. 돈이 없어서 점심도 굶었다. 두시에 거제도행 배를 기다렸다가 무료로 얻어 타고 김윤중 형님을 찾아갔다. 처음 타보는 여객선이었다. 뱃멀미 때문에 밑에 있는 객석에 앉지 않고, 맨 위층 갑판에 서서 경치를 구경하며 거제도까지 왔다.

1952년 4월 19일

거제도에서 사흘간 윤중 형님에게 신세를 지고 부산행 배를 타고 귀영했다. 부대에 돌아와보니 누님으로부터 온 편지와 군인가족 증명서가 도착해 있었다. 6사단 수색대에 있던 윤진수(尹鎭洙) 중사를 만났다. 그도 부상을 당해 우리 파견대에 와 있었다. 몹시 반가웠다.

김윤중씨는 형님들의 친구였고 그의 아버님은 우리 아버님과 함께 반동분자로 몰려 같은 형무소에서 삼년형을 마치고 나오신 분이어서, 나에게는 친형님 같은 느낌을 주는 분이었다. 아버님들이 감옥에 가신 후에 윤중씨는 반공 삐라사건에 연루되어 체포당했는데, 옛 친구인 보안서원이 보안서 본부로 연행하던 중에 도망쳐 성공적으로 남한의 국군장교가 되었다. 윤중씨는 이때 거제도 공산군 포로수용소에서 육군 중위로 근무하고 있었다. 국군장교 중에 유일하게 아는 분으로 혹시 제대에 대한 의견이나 조언을 얻을 수 있지 않을까 하는 것이 이 방문의 주목적이었다.

날씨가 춥고 비바람이 불어서 계속 집 안에만 있었다. 윤중 형님은 맛있는 음식으로 늘 배고프던 나를 잘 대접해주셨다. 하지만 바람에 실려 들려오는 인민군의 군가 소리는 소름을 끼치게 했고 다시금 반공의 이를 악물게 했다. 거제도에서는 인민군 포로들이 잦은 반란 시도를 하며 반공산주의자 포로를 죽인 적도 있다고 한다. 국군장교이기는 하지만 그들을 처벌할 권한이 없어서 몹시 속이 탄다고 하셨다.

1952년 4월 20일

어제 온 누님의 편지에 회답을 썼다. 그 속에 군인가족 증명서도 동봉했다. 또 작은형님과 강남용 형으로부터도 편지가 왔다. 작은형님의 편지에는 누님과 같이 찍은 사진이 한 장 들어 있었다. 고생한 흔적이 얼굴에 역력히 나타나 보였다.

이것이 강남용 형으로부터 온 마지막 연락이었다. 후에 알게 된 사실인데 그는 지프차를 타고 가다가 지뢰를 밟아 즉사했다. 나의 은인, 누구에게나 선(善)이었던 남용 형은 반드시 천당에 가 계실 거요.

1952년 5월 3일

오늘은 토요일. 아침부터 비가 내렸다. 오늘로 근 한 달에 걸친 비상경계 기간도 해제되어 마음대로 외출을 할 수 있게 되었다. 종전의 토요일과 마찬가지로 병영은 다시 쓸쓸해졌다. 토요일이면 외롭고 쓸쓸하여 슬픈 마음이 생겨나는 것이 통례이다. 오늘도 나는 깊은 향수에 잠긴다. 고향 생각은 정말 나를 괴롭힌다. 아버지, 어머니! 지금의 생활은 어떠하신가요? 이것이 나의 제일 큰 근심이다.

1952년 5월 6일

오늘 저녁 뜻밖에도 일선의 전우(6사단 수색대에서 취사병으로 같이 근무한 적이 있는) 조찬정(趙燦汀) 형으로부터 편지를 받았다. 대단히 기쁜 한편 내가 먼저 발신치 못한 것이 미안했고 아직까지도 나를 생각해주는 마음이 여전함에 무심했던 나를 뉘우치게 되었다. 한 갈피, 재미있기도 꿈같기도 했던 일선생활에 관한 추억의 실마리가 풀리기 시작한다. 일선의 옛 전우들을 한번 만나보고 싶은 마음이 솟아오른다. 오늘 카키복을 보급받았다. 내일은 동내의를 반납해야 한다.

1952년 5월 16일

더워서 사무실 창문을 열어놓았다. 은령(銀鈴)의 음파와도 같이 부드럽고 서늘한 바람이 은근히 나를 유혹하는 듯하다. 창문 밖 화단의 이름 모를 화초들마저 마음껏 피워내는 향기! 앞동산의 나무들도 무럭무럭 자라는 기세가 현저하다. 일과를 오전중에 마치고 나니 오후에는 다소 한가하다. 어떤 일에도 침착할 수 없는 내 마음은 다시 옛 추억에 압도당하고 만다. 저 멀리 하늘 밑 고향 땅이 그립다. 고생하고 계실 불쌍한 부모님이 더욱 그리워진다. 앞뜰의 살구나무, 앵두나무에는 지금쯤 귀여운 풋열매가 조롱조롱 달렸겠지! 아름다운 고향이건만, 추상으로만 존재하기에 이제는 무서워진다. 지금은 붉은 악마들이 날뛰고 위협하고 있을 고향! 불안과 공포 속에 떠시는 부모님의 비명이 귓전에 역력히 들린다! 이제 진격의 포성은 끊어지고 귀에 거슬리는 휴전회담 소리만이 자자하다.

1952년 5월 17일

수레바퀴 같은 세월 속에서 어느덧 토요일이다. 어제저녁부터 생긴 두통과 열 때문에 밤새껏 세 번이나 페니실린 주사를 맞느라고 잠도 못

잔데다가, 아침부터 사열 준비를 하느라고 매우 피로했다. 몸이 아프니 마음이 더 쓸쓸하고 외로워진다. 하루라도 빨리 제대해 작은형님과 누님이 있는 수원으로 가고 싶어진다. 오후에는 이원규 중사와 같이 교외로 외출을 나갔다. 이중사의 후대로 술을 한잔 마시고 저녁때가 되어서야 영내로 돌아왔다. 더 심한 고독감에 사무친다. 막 울고 싶다. 마음껏 고향의 노래를 부르고 마디마디 잠긴 서러움과 슬픔이 사라지도록 울고 싶다.

단독으로 대대 서무계 임무를 수행한 지도 벌써 한 달. 같이 일하던 선배 나영환은 자유의 길을 찾아 제대했다. 근래에 와서 잠잠하던 페디스토마가 다시금 증세를 나타내는 듯하다. 모든 것이 괴롭다. 금방이라도 안개같이 사라졌으면 하고 생각해보나 또 눈앞에 보이는 듯한 희망을 포기하고 싶지는 않다. 고요히 창문을 열었다. 멀리 북두칠성이 번쩍인다. 어느 먼 구석진 농촌에서 고생하고 계실 부모님! 두 줄기의 눈물이 흘러내리고 있다. 아! 고향이 그리워. 나의 고향 주소를 써본다. 황해도 서흥군 도면 능리.

나영환의 고향은 평북 신의주인 것으로 기억하고 있다. 나와 마찬가지로 1950년 겨울에야 남하할 수 있었다. 나보다 한두 살 위였다. 제대 후에 서울 거리에서 한 번 만난 적이 있다. 그는 서울대학교 공과대학에 재학중이었다. 내가 의과대학에 다니고 있는 것을 보고 아주 기뻐했다. 시간 관계로 오래 이야기는 못 하고 헤어졌으나 같은 사무실 책상을 쓰며 일한 적 있는 선배를 만나보니 반가웠다.

1952년 5월 18일

즐거운 일요일이다. 온갖 고민과 슬픔을 잊어버리고 쾌활한 하루를 보낼 양으로, 몇몇 전우들과 같이 멀리 김해군 대저면(大渚面)의 어떤 섬을 찾아갔다. 마침 그 섬에는 예수교인들의 야유회가 있는 모양이었다. 사진사들이 많았고 개인 카메라 소지자들도 있었다. 돌아오는 길에는 낙동강변에서 여섯 명의 전우와 같이 사진을 한 장 촬영했다. 점심도 굶은 채 부대에 도착한 것은 오후 세시경이었다. 저녁식사 후에 시원한 낙동강가를 산보하고 극장에 들러 영화도 보았다. 돌아오니 부대는 비상소집중에 있었다.

1952년 5월 30일

요즘은 감정이 형언할 수 없이 다각적이다. 주위의 많은 장애물들이 장래를 가로막는 듯해 신경질만 자라고 있다. 더구나 제대 후의 계획을 세우기 위해서라도 꼭 가보고 싶은 수원에는 휴가조차 갈 수 없고, 오로지 하기 싫은 일만 죽도록 하지 않으면 안 되는 처지. 의자에 더 앉아 있을 기운조차 잃었다. 오로지 순진한 자연의 아름다움이 보고 싶어 조용한 뒷마당의 꽃밭을 하루에도 몇 번씩 찾아가지 않으면 못 견디는 형편이다. 저 아래 내려다보이는 기차의 요란한 기적 소리만이 이 슬픈 세계에 살고 있는 나를 비웃는 듯 슬쩍 지나가고 만다. 더 외롭고 쓸쓸해진다. 한숨과 눈물의 세계가 요즈음 내 생활의 전부인가 한다. 누님의 편지를 받은 지는 이미 이삼 일이 지났으나 회답할 내용과 용기를 얻지 못하는 나의 입장. 세상이 싫어진다. 잠시라도 고요히 잠들어 이 험악한 현세를 보지 않았으면 좋겠다.

1952년 6월 7일

일기를 기록하지 못한 지도 벌써 일주일이 지났다. 지난 일주일 동안 무엇을 했던가? 여전한 비통과 실망 속에서 근무했다. 6월 4일, 나는 의무실에 입원하지 않으면 안 될 정도의 병을 앓았다. 그리고 외로운 병상에서 사흘째 되던 어제, 병석에서 고안한 계획을 실행해보기 위해 몸이 채 낫기도 전에 퇴실했다. 오후에는 피로를 회복하기 위해 27중대 강당에서 공연된 고려극단의 〈밤 12시〉라는 탐정극을 관람했다.

1952년 6월 20일

오늘은 하루 종일 마음이 몹시 불안하다. 병석에서 계획했던 거사를 어제 수행했기 때문이다. 일기에는 쓸 수 없는 일이다. 이 거사가 끝내 성공적으로 끝나려는지 걱정스러워진다. 날들이여, 어서 흘러가라!

1952년 6월 22일 일요일 흐림

오늘 부대본부에 있는 이정수(李正洙, 가명) 하사를 만나보려고 부산에 갔다. 어느 정도 전망이 보인다. 이런 희소식을 가지고 돌아와서 일기장을 펴놓았으나, 기록으로 남길 수 없는 내용이어서 적지는 못한다. 제대병이란 참으로 무서운 병이다. 근래에는 몸이 몹시 쇠약해진 기분이다. 나는 지금 (yes냐 no냐 하는) 판가리싸움 때문에 다른 모든 일은 잊을 지경이다. 부대에 돌아온 것은 석식 직전이었다.

그것은 '제대하기 위한 싸움'이었다. 심한 제대병에 걸린 나는 견딜 수 없이 조급했다. 작은형님과 누님이 수원에 있다는 사실을 알고 나서는 미칠 정도로 제대하고 싶어졌다. 특히 얼마 전에 있었던 군의관 박대위의 구타, 또 대구 시내에서 이름 모를 중위한테 당한 모욕 등이 겹쳐 무슨 방법으로라도 하루속히 제대해야 한다는 결심은 더 굳어졌다.

게다가 새 학기가 (북한에서는 9월에 시작되니) 이제 이삼 개월밖에 남지 않았다는 것을 절실히 느끼고 더욱 조급해졌던 것이다. 만약 그사이에 제대가 안 되면 거의 일 년이나 더 늦게 학교에 입학하게 된다고 생각했기 때문에, 제대를 가로막고 있는 대대 인사계 박상사와 싸워보기로 결심했다. 좀 늦어지더라도 제대할 수 있는 것은 확실했으나 하루라도 더 지연시킬 수 없다는 심정이었다.

첫 계획은 제대를 가로막고 있는 파견대 인사계 박영찬(朴英燦, 가명) 특무상사에게 직접 사정을 이야기하고 설득시킴으로써, 그의 승낙을 받을 수 있을지 알아보는 것이었다. 박상사는 대상관이었지만 큰 용기를 내 조용한 곳에서 만나자고 했다. 나는 그에게 앞으로의 진학 계획과 제대 시일의 중요성을 이야기하고 허락과 도움을 청했으나 완전히 무시당하고 말았다. 끝까지 남아서 원호대가 해산될 때까지 서무계로 일을 해야 하며, 그전에는 절대로 제대를 안 시키겠다는 것이었다. 육군의 공문서 양식이 크게 달라지면서 내가 유일하게 그 교육을 받아, 아무도 나를 대체할 수 없기 때문이라고 했다. 아무리 위대한 포부와 긴급한 계획을 말해도 설득시킬 수 없다는 것이 분노를 일으켰다. 나는 화가 나서 당신은 내 일생을 망쳐놓으려는 원수라고 소리 질렀다. 나도 원수와는 싸울 줄 안다고 밝혔다.

이런 일이 있은 후 다시 병을 핑계 삼아 며칠 동안 입원할 계획을 세웠다. 그러면 다른 사병을 서무계로 채용할지도 모른다는 생각에서였다. 6월 4일 의무대에 입실한 것도 계획적으로 병을 만들어 들어갔던 것이다. 의무대에 근무하는 친구를 통해 몇 가지 제안을 받았다. 하나는 구포 시내 자기가 아는 개인병원에서 피를 많이 빼내 빈혈을 만드는 방법이고, 둘째는 아타브린이라는 샛노란 말라리아 약을 먹음으로써 황달증을 만들어 입원하는 방법이었다.

의무대의 그 친구가 아타브린을 갖다주었다. 한 줌 먹고 나니 저녁식사중에 갑자기 토할 것 같아서 화장실로 뛰어갔다. 온 세상이 노랗게 보이고 어지러워졌다. 지금 생각해보면 모두가 철없고 바보 같은 짓이었다. 특히 아타브린의 경우에는 대량으로 취했을 때 생명이 위험한 부작용까지 일어날 수 있는 약이다. 약을 먹은 후 얼마 있다가 대부분 토해버렸기 때문에 다행히 큰 부작용은 없었다고 본다.

이삼 일간 병실에 누워 있는 사이 인사계는 병문안을 오는 척하고 공문서 처리에 대한 답을 얻어갈 뿐, 내 직책을 대체할 생각이 전혀 없음을 분명히 했다. 야전침대에 누워 천장만 바라보며 곰곰이 생각해본 결과, 좀더 적극적인 계획을 세우고 싸워보기로 결심했다. 첫째는 인사계의 부정행위를 폭로해 압박함으로써 제대를 반대하지 못하도록 해볼 생각이었고, 둘째는 돈을 좀 마련해 필요한 곳에 사용함으로써 인사계를 거치지 않고 제대를 추진시키는 방법이었다. 몸은 완전히 회복되지 않았으나 이런 방책을 쓰기 위해 사흘 뒤 의무실에서 퇴실하여 서무계의 직(職)으로 돌아갔다.

첫 사항에 대해서는 다음과 같은 비밀을 알고 있었다. 박상사와 동향인 육군 이등병 한 사람이 일선지대에는 가본 적도 없고 부상당한 적도 없는데, 어찌하여 원호대에 와서 '파편상'이라는 허위 진단을 받아 제대했다. 인사계의 지시에 따라 내가 그런 진단명을 제대 신청자 명단에 썼고 그는 명예제대를 했다.

나는 퇴실하자마자 대대 정보과(제2과) 상사한테 이런 이야기를 하고 조사해보도록 청구했다. 만약 대대 정보과에서 해결하지 못하는 경우엔 육군본부의 정보부로 진정서를 넣겠다고 공갈을 쳤다. 다음날 인사계가 정보과에 불려갔다 돌아오는 모습을 보니, 얼굴에 정맥이 올라와 뻘게져 있는 걸로 보아 무슨 일이 있었던 것이 분명했다. 압력은 그 정도로 해놓기로 했다. 그후로 나는 박상사와 꼭 필요한 말 외에는 하지 않고 지냈다. 우리 사이에는 냉기가 돌았다. 나는 그때 하사(당시의 상등병, 갈매기 두 개)였고 박상사는 특무상사였다.

둘째 계획은 어떻게든 돈을 마련하는 것이었다. 결국 돈을 써서 박상사를 통하지 않고 제대 명령이 나오도록 하는 방법을 쓰기로 마음먹었다. 그리고 대구 육군본부에 파견근무를 간다는 허위 명령서를 가지고 출장비를 받아냈다. 출장 증명은 대대장의 관인을 가지고 있는 대대 서무계, 바로 내가 발행하는 것이었다. 이 일이 바로 6월 19일에 실행한 '거사'였다. 많은 돈은 아니었으나 북한에서 피란 나온 졸병이니 그 정도면 충분하다고 들었다. 또 작은형님과 누님한테서 온 돈과 거제도 방문 때 여비로 보태쓰라고 김중위가 주신 돈도 있었다. 다행히 박상사와 사이가 좋지 않았던 (전 헌병대 상사인) 본부중대 인사계 최상사가 자발적으로 나서서 부대본부 인사장교한테 대신 부탁해주었다. 그런 후에 아는 친구를 통해 부대본부 의무대 보좌관에게 대신 연락하게 해 제대 신체검사를 (인사계는 모르게) 부산에 있는 부대본부에서 받을 수 있었다. 나는 예측했던 대로 병종을 받았다. 이것이 바로 6월 22일에 있었던 일이다.

마지막으로 해야 할 일은 내 이름을 제대 신청자 명단에 넣어서 연대본부에 올리는 것이었다. 간단한 일이었다. 이백여 명 가까이 되는 제대자 명단을 작성하면서 같은 이름을 두 번 쓰고 대대 인사계, 부관, 그리고 대대장의 결재를 받은 후에 내 이름이 든 페이지로 바꿔 부대본부에 제출했다. 이것이 내가 한 부정행위들이었다. 지독한 제대병에 걸린 나는 이런 행위를 하면서도 별로 양심의 가책을 느끼지 않았다.

1952년 6월 26일 목요일 맑음

밤중에 부산에서 부대본부 인사계가 급한 지시문서를 가지고 우리 파견대로 왔다. 급히 장병 총원명부를 작성하되 22차 제대자와 잔류자를 구분하고 국문, 영문으로 각각 네 부씩 제출하라는 지시였다. 진단명, 복무 가능률, 주소 등도 기입해야 했다. 이를 각 중대 서무계에 독촉하느라 밤 열두시경까지 근무했다.

1952년 6월 27일 금요일 맑음

어제 지시받은 공문 제출 때문에 하루 종일 그리고 밤늦게까지 일했다. 왜 이런 공문을 제출해야 되는지 이유는 확실치 않다. 그러나 걱정스럽다. 그 외에도 아주 좋지 않은 소식이 들린다. 내 이름이 포함되어 있는 23차 제대 신청이 보류되었다는 충격적인 소식이다. 원호대가 해제되며 지금 원호대에 남아 있는 상이군인들도 모두 같이 제대될 것이라는 소문도 있다. 만약 이번에 제출되는 총원명부에 의해 제대가 실시된다면 매우 불공평하다고 생각된다. 지금까지 애써온 모든 일이 다 허사였는가?

1952년 7월 5일 토요일 맑음

거의 일주일간에 걸쳐 흐리고 비 오던 날씨가 갑자기 씻은 듯이 맑게 개고, 산들산들 부는 동남풍은 낮잠을 재촉하는 듯하다. 게다가 오늘은 토요일. 아침부터 사열 준비에 분주했다. 하도 좋은 날씨라 외박증을 받기는 했으나 갈 곳은 없다. 원호대에 온 후로 두번째 외박증이었다. 요즈음 나는 신경질이 극에 달해 있는 것 같다. 사이가 원만한 전우들에게도 쓸데없이 신경질을 내고 공연히 속만 태우는 일이 빈번하다. 머리는 조금도 쓰고 싶지 않아졌다. 거울에 비치는 얼굴은 매일같이 나빠지는 것 같다. 실제로 이런 말을 몇 번 들은 적도 있다. 저녁식사 후에는 백동수(白東秀)와 같이 외출해 구포극장을 찾았다. 태백경찰 전투 선전대의 공연이었다. 극명은 '사공의 아들'. 남한에서는 거의 볼 수 없었던 애국적인 내용의 연극이었다. 자유와 행복을 침해하는 공산주의자들을 쳐부수려는 애국 청년들과 이북 반공주의자들의 전투를 역력히 그려낸 연극이었다. 앞으로 남한의 예술도 이런 애국적인 방향으로 장려되어야 할 것이다.

1952년 7월 12일

부대본부에서 발행한 임시 제대증이 나왔다. 8월 20일경 육군본부에서 정식 제대증이 나온다고 한다. 제대증을 받아가지고 기뻐 날뛰며 언젠가 다시 만나자는 한마디를 남기고 고향을 찾아가는 전우들! 그러나 나는 아직 제대증을 받을 수가 없다. 나는 사무인계를 완전히 마친 후에야 제대증을 찾을 수 있는 것으로 확정되었다. 그동안 애쓴 모든 일들이 허사가 되어버렸지만 오래지 않아 제대증을 받게 될 것 같다. 마음 편하게 갖자.

내가 애써 꾸민 비공식적인 술책이 모두 허무한 일이 되었다. 그렇게 하지 않았더라도 제대가 되었을 텐데. 그러나 원하는 일을 위해서 싸울 수 있었다는 사실이 나를 만족시켰다. 박상사는 6·25전쟁 전에 이미 상사로 제대했다가 전쟁이 일어나자 다시 입대하여 특무상사로 일하던 분으로 군대 행정에 경험이 많고 또 나이도 나보다 훨씬 위였다. 그러나 원호대에서 제대를 기다리던 나한테 계급은 별로 문제 되지 않았다. 돌이켜보니 그때는 내가 심하게 대한 것 같아 죄송스럽게 생각한다. 인간적으로는 좋은 분이었다. 단지 임무를 잘 수행하기 위한 조치였다고 확신한다. 마지막 헤어질 때 그는 나 같은 투쟁력이면 사회에서 꼭 성공할 것이라 했고 서로 존의를 표하고 헤어졌다.

1952년 7월 16일

전우들이 하나 둘 귀향해버리고 이제는 부대가 텅 비었다. 더 쓸쓸하고 외롭다. 그래서 인사과 잔류병인 표재화(表在花) 중사, 유성윤 하사와 같이 김해군 대저면의 과수원을 찾아갔다. 그렇게 먹고 싶었던 김해의 수밀도 복숭아 한 관을 사서 먹다 먹다 남겼다. 돌아오는 길에 구포역 앞 어떤 사진관에서 기념사진을 촬영하고 '남어 잇는 三兄弟'라고 써 받았다.

1952년 7월 23일

7월 18일부로 부대장 명령에 의해 제3파견대 병사들은 모두 제3육군병원에 인계하고, 우리 잔류병들은 부산에 있는 부대본부로 이동하게 되었다. 부산에 온 지 이미 엿새가 된다. 생활이 몹시 불편하다. 낯선 병사와 부족한 시설들 때문에 재미를 못 붙이겠고, 시끄러운 지시들도 자주 내려오곤 한다. 그동안 세면 한번 변변히 못 하고 지냈다. 그래서 우리 '삼형제'는 같이 구포로 산보 겸 목욕을 하러 갔다. 부산에 돌아와서는 제대증용 사진을 촬영했다.

1952년 7월 30일

제대증! 제대증이 나왔다. 손꼽아 기다리던 이 귀중한 증서. 지난 이 년간 생명을 걸고 고생한 애국심의 증거. 어서 받아서 내 몸에 품고 싶다. 그러나 또 일은 마음대로 되지 않았다. 우리의 귀향을 보류하려는 부관이 있었던 것이다. 최후의 수단으로 부관을 속이고라도 목적을 달성하려 했으나 그만 탄로나고 말았다. 그러나 원래 성낼 줄 모르는 이길영(李吉寧) 중위! 은근히 우리를 나무라더니 무슨 생각을 했는지 인사과 전원의 귀향을 허가했다. 우리는 기뻐서 어쩔 줄 몰랐다.

몸의 통증을 무릅쓰고 구포로 향했다. 정오부터 말라리아 때문에 열이 근 사십 도에 달했고, 머리는 천근만근이나 되는 듯하고 온 관절이 쑤시어 평일 같으면 움직일 수도 없을 지경이었다. 그러나 곧 자유로운 민간인이 된다는 흥분 때문에 그런 힘이 나온 듯하다. 얼굴은 화롯불같이 확확 달아오르고 버스의 진동 때문에 머리가 몹시 아팠다. 그러나 '제대'라는 두 글자를 생각하며 죽을힘을 쓰고 참았다. 말라리아를 앓으면서 구포까지 갔다 돌아왔다.

돈이 없어서 점심도 못 먹었고 저녁 먹을 돈도 없다. 내일 기차를 타는 데 필요한 차비도 없다. 그러나 요령 본위이다. 군대에서 배운 것이다. 표중사가 생각해낸 대로 구포의 우리 병사에서 자그만 변압기와 전령을 떼어 팔아 이만원을 만들었다. 우선 저녁부터 먹기로 했다. 저녁을 먹고 나니 밤 아홉시경이었다. 우리는 부산역으로 나가 내일 아침 서울로 떠난다는 기차 안에서 잠을 자기로 했다. 어서 내일 저녁이 되었으면 좋겠다. 어떤 경우와 고생을 겪더라도 내일 저녁이면 수원에 도착할 수 있을 것이라고 믿기 때문이다.

1952년 7월 31일

7월도 마지막 가는 오늘! 병영생활도, 사회생활도 아닌 중간에 놓여 있다. 8월 첫날부터는 제2의 사회생활이 시작되겠지. 그간 기나긴 군생활과 육군 원호대에서의 군인 아닌 병영생활에 싫증이 났다. 한 시간이라도 빨리 수원에 가고 싶다. 지리상으로 보아 기후는 좋을 것 같다고 혼자 생각해본다. 그러나 실제 생활환경은 어떨지 궁금하고 조마조마하다.

배짱 좋게 차표도 없이 기차를 탔는데 상이군인임을 알고 차장도 그리 말썽을 부리지 않았다. 어제 먹지 않고 보관해두었던 사과 외에는 아무것도 먹을 것이 없어서 배가 몹시 고팠다. 창문 옆에 문을 열고 앉았기 때문에 석탄의 매연이 날아들어와 몸이 까매졌다. 수원에 도착한 것은 저녁 일곱시 십 분 전이었다. 서울까지 가는 표중사, 유하사와 섭섭한 이별을 했다. 하차하여 역 앞의 수돗물로 간단히 얼굴을 씻었다. 차표 없이 탔기 때문에 실랑이가 일어날까봐 정문으로 나오지 않고 옆 구멍으로 나와버렸다.

작은형님과 누님이 있는 집을 찾느라고 한참 더듬거렸다. 누님이 먼저 보고 뛰어나왔다. 형님도 이미 퇴근해 있었다. 이 년간 고생한 이야기를 무엇부터 먼저 시작해야 좋을지 몰랐다. 새벽 네시경까지 이야기하고 겨우 두 시간쯤 잠들었다.

서울행 기차를 미리 타고 있던 우리에게 차장이 차표를 보여달라고 했다. 표중사가 "우리가 차표를 갖고 있을 사람들같이 보이냐?"고 대꾸했다. 이어서 우리는 상이군인으로 제대하여 집으로 돌아가는 사람들이라고 했더니 별소리 없이 가버리고 말았다. 표중사는 다리에 총상을 당해 한쪽 다리를 좀 절고 있었으며 언제나 지팡이를 가지고 다녔다. 차장도 상이군인을 조심해야 된다는 것은 알고 있었을 것이다. 그 시절에는 제대를 해도 집에 갈 때 필요한 여비도 안 주고 입고 있던 옷 그대로 제대시켰다. 물론 제대 후에 아무런 보상도 없어서 불구자가 된 상이군인들이 떼로 몰려가서 경찰들을 때리고 파출소를 부수는 등 그 행패가 극성을 부리던 때였다. 그러니 그도 몰려다니는 상이군인들은 건드리지 않아야 한다는 걸 잘 알고 있었을 것이다. 이렇게 기차표 문제는 쉽게 해결되었다.

도중에 표중사가 군가를 부르기 시작하여 유하사와 나도 따라 불렀다. 낙동강을 건널 때 아주 적합한 군가였다. "전우의 시체를 넘고 넘어 앞으로 앞으로, 낙동강아 흘러가라 우리는 전진한다. 원한이야 피에 맺힌 적구를 무찌르고서, 꽃잎처럼 사라져간 전우여 잘 자라." 이와 같은 군가였다. 2절에는 "……추풍령아 잘 있거라 우리는 돌진한다……" 하는 가사가 나온다. 옆 자리에 앉아 있던 몇몇 승객들도 같이 군가를 불렀다. 신나는 순간이었다. 한 가족이 우리가 굶고 있는 것을 눈치챘는지 김밥을 제공했으나 체면상 사양하고 후회했다. 그때는 기차가 정거장에 머물러 있는 사이에 재빨리 내려서 수돗물을 마시고 와야 했고 화장실 용무도 그 사이에 해결해야 하던 때였다.

유하사는 북한이 고향으로 사변 당시에는 서대문 근처에 있는 초등학교 교사로 일하던 점잖은 신사였다. 제대 후에 그는 같은 학교에 복직해 교원생활을 했다. 서울에서 대학을 다닐 때 그 학교에 한 번 찾아가서 유하사를 만나뵌 적이 있다. 표중사도 종로구 구청사무소에 취직하여 이따금 들러 만나보곤 했다.

1952년 8월 1일

오늘부터 제2의 사회생활이 시작된다. 누님과 같이 수원으로 피란와 사시는 외할아버님 댁을 찾아가서 인사드렸다. 세 살 때 마지막으로 뵈었던 것으로 기억한다. 그래서인지 할아버지 할머니의 인상이 조금도 머릿속에 남아 있지 않다. 오래간만이라고 맛있는 음식들을 많이 장만하셨으나 하필 오늘 말라리아를 앓게 되었다. 오후 한시경부터 열이 나기 시작하더니 별로 먹지도 못하고 지독하게 앓았다. 저녁에야 겨우 몇 숟가락 먹고 간신히 집으로 돌아왔다.

이것으로 내가 이십 개월 동안 군생활을 하면서 쓴 일기가 끝난다. 나는 제대도 하기 전에 고등학교에 입학했으면 하고 머리를 고등학생같이 짧게 깎고 제대했다.

제3부

의사로 산다는 것

가능하다면 한 많은 한반도에 다시 와서 살고 싶은 생각이 별로 없을 때였다. 무엇보다도 세계적으로 인정받는 교수가 되고 싶었다. 그때 한국의 형편으로 볼 때 한국에서는 그렇게 될 가능성이 거의 없었다. 그래서 나는 미국에 살면서 미국 의과대학의 교수가 되겠다고 결심했다. 프로펠러가 달린 노스웨스트 비행기를 타고 김포공항을 떠났다. 마지막으로 한국 땅을 내려다보았다. 대머리 산들로 가득 찬 한반도를 내려다보았다. 다시는 돌아오지 않을지도 모르는 원한의 한반도를 바라보니 나도 모르는 사이에 눈물이 흘렀다.

가난은 맛이 쓰다

미군부대 경비원

제대하고 수원에 온 지 얼마 되지 않아 고등학교에 다닐 형편이 안 된다는 것이 분명해졌다. 많이 실망했지만 곧 단념할 수 있었다. 나에겐 먹고사는 일이 무엇보다 중요했다. 게다가 고등학교 진학을 포기한 것이 아니고 입학 시기만 잠시 연기시키는 것이었다. 머지않아 고등학교에 다닐 수 있는 기회를 만들 거라 다짐하고 일자리를 구하기 시작했다. 다행히 미군부대 경비원 자리가 하나 생겼다. 총을 다룰 줄 아는 상이군인이기 때문에 나이는 어려도 우선권을 준다고 했다. 그 직장은 CID(미육군범죄수사대)의 수원 파견대였다. 세 명의 경비원이 여덟 시간씩 교대로 경비하게 되어 있었다. 한 사람은 수원 출신으로 나보다 서너 살 위였고, 또다른 분은 큰형님의 고향 친구로 나보다 열 살 이상 위인 분이었다. 때때로 밤과 낮을 교대하여 근무시간을 균등하게 했다. 물론 휴가 같은 것은 없었다. 그 직장에서 약 일 년간(1951년 8월부터 1952년 7월까지) 경비원으로 근무했다.

본부는 서울에 있었고, 수원 파견대는 매산로2가 수원역에서 그리 멀지 않은 곳이었다. 바로 뒤에는 폭격으로 파괴된 고무신 공장의 벽돌로 된 벽이 남아 있었다. 파견대에는 두 명의 미군 사병이 일하고 있었는데 그들은 평소에 계급장도 달지 않고 지냈다. 그중 한 명은 미스터 캘러웨이라는 사람으로 하사였다. 본부에서 동료 군인들이 그를 자주 찾아왔다. 한국인 형사 한 명과 서울공대 출신의 통역관이 그들과 같이 일하고 있었다. 나보다 한 살 어린 하우스보이는 나를 상이군인 아저씨라고 불렀다.

사무실은 퀀셋(반원형 막사)으로 된 건물 한 채였다. 감옥 시설이 없으니 죄수를 감금해두는 일도 없어서 특별히 감시할 것은 없었다. 도둑을 막는 것이 우리의 주된 임무였다. 그 간이 사무실 주위에는 철조망으로 된 높은 울타리와 큰 차량이 한 대 드나들 만한 정문이 있었고, 정문 옆에 경비초소가 있었다. 나무로 지은 경비초소는 삼면이 막혀 있고 지붕도 있어 비바람을 제법 잘 막아주었다. 철조망 울타리에는 전깃불이 환하게 켜져 있었고 초소 안에도 불을 켤 수 있는 시설이 되어 있었다. 길 건너 멀지 않은 곳에는 미 헌병중대가 주둔하고 있었다. 작은형님은 그 헌병중대에서 통역관으로 일하고 있었는데, 부대 내에서 점심식사를 한 날에는 이따금 오렌지를 한 개씩 가져와 나도 그 별미의 과일을 맛볼 수 있었다.

크리스마스가 가까운 어느 날, 동료 미군들이 수원으로 내려와서 파티를 했다. 어떤 미군 한 사람이 나한테 마셔보라며 음료수 한 병을 주었다. 그렇게 희한하고 기가 막히게 맛있는 음료수는 난생처음이었다. 그것이 내가 처음 마셔본 콜라였다.

CID에서 근무하는 동안 혼자 공부하는 데 재미를 붙여, 고등학교 과정을 독학하여 대학 시험을 한번 쳐보고 싶은 자신감이 생겼다. 나는 주로 밤에 경비 서는 것을 좋아했다. 밝은 전깃불 밑에서 공부할 수 있는 기회가 생겼기 때문이었다. 당시 민가에서는 밤 열시나 열한시경이면 전깃불이 나가버리곤 했으나 나는 밤새껏, 자서는 안 되는 시간에 공부를 할 수 있었다.

시간에 여유가 있을 때는 자주 헌책방을 찾아 참고서를 싸게 사다 보곤 했다. 남한에 그렇게 많은 참고서가 있다는 것에 놀랐고 자습하는 데 큰 도움이 되었다. 북한에는 교과서 외엔 참고서라는 것이 거의 없었다. 화학책이나 물리책들을 읽어보니 북한에서 배운 지식으로도 다 이해할 수 있도록 쉽게 씌어 있었다. 나는 수학을 원래 좋아했고 북한에서 배운 대수와 기하의 확고한 기반을 가지고 있었다. 또 이해가 안 되는 부분들은 화학을 전공한 작은형님에게 물어볼 수도 있었다. 역사는 그냥 암기하는 것이기 때문에 자습이 힘들지 않을 것으로 생각했다.

문제는 영어였다. 나는 북한에서 외국어로 러시아어를 배웠고 영어는 중학교를 졸업한 선생님한테 일 년 동안 배운 것이 전부였다. 기억

나는 것은 "I am a school boy" 정도였다. 대학 입학시험은 주로 영어 문장을 해석하고 작문하는 수준이었기 때문에 발음은 중요하지 않았다. 영어에 대한 대책으로 『영어 5000 기본 단어집』을 한 권 사서 암기하기로 했다. A부터 시작해 차례대로 나가기로 했다. 그러다 보니 A는 여러 번 스쳐갔다. 우선 발음보다는 철자와 뜻에만 중점을 두기로 했다. 언젠가는 영문법을 잘 배워두어야 한다는 것도 느꼈다. 하지만 국어가 그렇게 문제 되리라고는 상상도 못 했다. 고어, 시조, 향가라는 말도 들어본 적이 없었다. 북한의 국어 교과서는 모두 공산당의 역사와 그들의 선전자료들이었다.

수원에서 일 년간 자습하고 헌책방에서 사온 대학 입학시험 연습 문제를 몇 개 풀어보았더니, 보통 70점 이상은 받을 수 있었고 어떤 때는 80점까지도 받았다. 영어도 서서히 늘기 시작했다. 그러자 대학 입학시험을 한번 쳐보았으면 하는 생각이 들었다. 고등학교를 이삼 년간 정식으로 다닐 형편도 아니었고 기다리기도 너무 지루했기 때문에, 어떤 방법으로든 고등학교 졸업장을 받을 수 있다면 다음해에는 대학 시험을 한번 쳐보고 싶은 생각이었다.

독학을 하는 동안에도 경제적으로 어려운 입장이었으나 대학 입학을 시도해보기로 결심했다. 상이군인으로 제대하여 돈 한 푼 없었으나 어떻게 해서든 살아나갈 수 있겠지 하고 생각했다. 전쟁을 겪은 후로 물질적인 재산보다는 머릿속에 들어 있는 지식이 훨씬 더 가치 있다는 것을 절실히 느꼈기에, 대학은 꼭 졸업해야겠다는 생각이 들었다. 게다가 우리 고향에서 피란 나오신 의사선생님 한 분이 (북한에서 개업했지만 일제시대 조선총독부에서 발행한 의사면허증에 관한 기록이 서울에 있었기 때문에) 서울에서 개업하여 제법 잘살고 있다는 것도 알게 되었다. 다른 대학보다 이 년이 더 길었지만 나는 의과대학을 택하기로 결정했다. 의사가 되면 최소한 밥벌이는 스스로 할 수 있겠다고 생각했다. 또 몇 년 전부터 의사가 되고 싶은 생각도 있었다. 의예과가 안 되면 공학이나 생물학을 해볼 예정이었다.

피란민들, 서울로 들어오다

1953년 봄에 작은형님과 누님은 먼저 서울로 들어와 자리를 잡고, 나는 몇 달 동안 수원에서 더 일하다 여름이 되어서야 서울로 들어왔다. 당시 서울은 시민증이 있는 사람들만 들어갈 수 있었으며 우리 같은 보통 피란민들은 전입이 금지되어 있었다. 약 사오 개월 혼자 수원에서 일하며 밥도 해 먹고 반찬도 만들어 먹었다. 적어도 일 개 소대 취사병으로 일한 경험이 있는 내가 자취를 못 할 리 없었다.

나는 1953년 7월에 서울로 들어왔다. 수원 파견대의 군인들이 타는 지프차를 타고 미8군표를 단 군복을 입었으니, 아무 문제 없이 도강할 수 있었다. 내가 서울에 들어왔을 때 형님과 누님은 주인도 모르는 서소문 근처의 빈집에서 살고 있었다. 며칠 후에 피란 갔던 집주인이 찾아왔다. 꾸중할까 걱정했는데 집을 잘 돌보며 살아줘서 고맙다고 했다. 그리고 가족이 곧 서울로 돌아오니 집을 비워달라고 했다. 차차 서울 사람들이 돌아오기 시작하면서 들어가 살 만한 빈집을 찾기가 힘들어져서, 태평로2가에 있는 아주 헐어빠진 아파트로 이사했다. 그것도 방이 두 칸 있는 아파트를 빌려 사는 고향 사람에게, 방 한 칸을 세로 얻은 것이었다. 누님은 남대문시장에서 장사를 시작하고 형님은 문산지구의 어떤 미군부대에서 일하게 되었다.

우리가 살던 아파트는 태평로2가에 있었고 서른 내지 마흔 가구가 살고 있었다. 고향 사람 한 분이 태평로2가 동사무소에서 오랫동안 일했기 때문에 고향 사람들이 다들 그 근처에 모여 살게 된 것이었다. 지금은 태평로가 넓어졌으니 그때 우리가 살던 아파트는 아마 지금의 태평로 길 위에 있었을 것이다. 아파트는 이층으로 일제시대에는 가스도 나왔을 것이 확실했다. 마루로 된 이층의 좁은 복도는 하도 낡아서 바닥에 여기저기 구멍이 뚫려 있었기 때문에, 걷는 데 조심해야 했다. 전깃불이 복도 중간에 하나 있었으나 잘 보이지 않아서, 밖에서 처음 들어갈 때는 한동안 눈이 적응한 다음 걷지 않으면 발이 빠질 정도로 위험했다. 화장실도 공용이어서 불편하기 짝이 없었다. 그때 서울에는 쥐가 하도 많아서 대낮에도 아파트 복도를 뛰어다니는 형편이었다. 우리가 살던 방은 다다미 3조의 아주 작은 방이어서, 누우면 몸이 벽 끝에서 끝까지 닿았기 때문에 다리는 책상 밑에 넣어야 잘 수 있었다. 책상이라는 것도 남이 버린 나무 상자를 주워다가 보자기를 씌워서 쓰고 있는 형편이었다. 내다리는 언제나 책상 밑에 있었던 셈이다. 잘 때도, 깨서 공부할 때도 다리만은 언제나 책상 밑에 있었다. 밤늦게 전깃불이 나가면 촛불을 썼다. 얼마 후에는 조금 넓은 아파트로 이사를 가서 훨씬 편하게 살았다.

그때는 많은 민간인들이 미제 군복을 입고 살았다. 특히 북한에서 남하한 피란민들은 민간인 사복을 사 입을 형편이 못 되었다. 얼마 후 민간인은 국방색 군복을 입어서는 안 된다고 하자 모두들 꺼먼 염색을 하여 입었다. 미군부대가 없었더라면 어떻게 살았을지 모를 정도로 많은 피란민들이 미군부대에 의지하고 살았다. 북한에서는 보지도 못하던 질 좋은 양털 모직으로 된 미제 군복을 입을 수 있는 나는 만족하고 살았다. 의류뿐만 아니라 많은 피란민들이 미군부대에서 나오는 물건에 의지해 생활을 유지했다. 미군부대 식당에서 나오는 물건, 미군부대 피엑스를 통해 나오는 물건, 미군 친구들을 통해 외국에서 사들이는 물건, 또 쓰레기통에서 나오는 물건 들 모두 유효하게 쓰는 방법을 고안하여 생존해왔다. 우리 집도 누님이 결혼하기 전까지 남대문시장에서 양담배 장사를 했기에 생활할 수 있었고 대학교 등록금도 거기에서 나왔다.

당시 상이군인이라 하면 많은 사람들이 골치를 앓는 존재들이었다. 특히 떼를 지어 다니는 불구자 상이군인들은 경찰도 피할 정도로 무서운 존재였다. 국가의 보조가 전혀 없었기 때문에 이들의 생활은 늘 곤란했다. 때문에 술을 마시고 정부기관, 특히 파출소에 가서 순경들을 때리고 잉크병을 벽에다 던지는 등 행패를 부리는 일이 잦아서, 상이군인이라면 일단은 조심스럽게 취급하는 입장이었다. 또 상이군인이 모욕을 당했다고 상이군인회에 보고라도 하면 큰일이 일어날 수도 있다는 것을 아는 사람들은, 나 같은 멀쩡한 상이군인도 조심스레 대했다. 여기저기에서 상이군인들의 시위가 있었다. 한번은 부산에서 수십 명의 불구자 상이군인들이 경부선 철로 위에 드러누워서 국무총리를 만나게 해달라고 기차를 막은 적도 있다. 기차나 버스 내에서, 또는 길거리에서 물건을 파는 일도 많았다. 그들이 무서워서 필요도 없는 물건을 비싸게 사주는 일들이 자주 있었다. 나한테도 물건을 사라고 강요하는 상이군인들이 있었는데 그때마다 나는 웃옷 뒤쪽에 달고 있던 상이군인 배지를 보여주며 위기를 모면하곤 했다.

고등학교에 다니는 상이군인

내가 서울에 들어온 것은 1953년 여름방학 도중이었다. 들어오자마자 영수학원에 다니기 시작했다. 자습으로 공부하던 내가 대학 입학시험 준비를 정식으로 시작한 것이었다. 낮에는 을지로6가에 있는 영수학원에서 수학 공부를 했다. 그때 수학 선생님은 서울의 일류 고등학교에서 오랫동안 근무하셨던 경험 많은 분이었다. 그분한테서 수학을 배우게 되니 얼마나 쉽고 재미있었는지 모른다. 나는 점점 자신이 생겼다. 밤에는 양주동 교수님이 운영하시는 학원에서 영어와 국어수업을 받았다. 그 학원에서 비로소 영문법의 중요한 기초를 배울 수 있었고 이것이

영어해석이나 영작문에 놀라운 진보를 가져왔다. 영어해석 문제도, 또 영작문 문제도 훨씬 쉬워지는 것을 느끼게 되었고 영어에 큰 자신감을 얻게 되었다. 또 한 달 동안 양주동 교수님의 국어수업을 받으며 고어나 시조도 많이 배울 수 있었고 향가에 대해서도 재미있게 배웠다. 교수님에 의해 비로소 향가가 바르게 번역되기 시작했다는 것도 처음으로 알았다. 고등학교 졸업장만 있으면 당장이라도 대학 시험을 쳐보고 싶은 생각이 간절해졌다.

그런데 마침 고등학교 졸업장 얻는 문제가 해결되었다. 이화여자대학교 교수로 계시던 이모부, 김용제(金用濟) 교수님의 친지인 임경직(林耕職) 선생님을 통해 남산고등학교 3학년 2학기에 입학할 수 있었던 것이다. 임선생님은 남산고등학교 재단의 이사장으로 명륜동 성균관대학교 입구 근처에 사셨다. 선생님 댁에서 직접 면접하신 후에, 입학 지시를 쓴 명함을 주시며 남산고등학교 교감을 만나라고 하셨다. 나는 상이군인이었으므로 등록금도 면제받았다.

남산고등학교는 돈암동 전차 종점에서 약 십 분 거리에 있었고 우리가 졸업한 지 삼사 년 후에 재단이 무너지면서 폐교되었다. 일제시대에는 아파트 빌딩이었다고 한다. 창문이 없거나 유리가 깨진 교실도 있었다. 운동장이 없어서 체육이나 군사훈련은 학교에서 얼마 떨어진 공터에 가서 했다. 이따금 있는 학생 모임 때는 학교 앞 길거리에 모여 교장, 교감선생님의 훈화 말씀을 들었다. 그러나 나에게 이런 불편은 문젯거리가 아니었다. 고등학교 졸업장을 얻을 수 있다는 것만으로도 만족스러웠다. 그렇게 학교를 다니던 어느 날 나는 낯익은 제방이 있는 언덕길을 보았다. 그 앞에 있는 일본식 건물도 낯익었다. 바로 1950년 12월 초 삼팔선을 넘어 서울까지 왔다가, 다시 동두천으로 이동할 때 잠시 들러 아침식사를 하고 간 적이 있는 정신여자고등학교 교장 사택이었다. 이 학교가 남산고등학교 뒷산 언덕에 위치해 있었던 것이다.

반에는 약 삼십여 명의 학생들이 있었다. 학교에 가보니까 수학은 다 아는 것들을 배우고 있어서 시간 낭비라는 생각이 들었다. 나는 영수학원에 다니면서 조금 더 어려운 수학을 배우기로 했다. 그래서 오전에만 학교에 얼굴을 내밀고 오후에는 영수학원에서 밤늦도록 공부했다. 그렇게 한 학기를 다니고 곧 졸업했다. 남산고등학교에는 강당이 없었기 때문에 졸업식도 돈암동에 있는 돈암극장을 빌려서 했다.

고등학교 입학 후 수개월간은 군복을 입고 학교에 다녔다. 교감선생님이 허락하셨다. 몇 개월 쓰기 위해 교복이나 학생모를 사기에는 돈도 없었고 너무 아까웠다. 머리도 올백의 긴 머리였는데, 몇 달 이내에 졸업하게 되니 다른 학생들같이 머리를 짧게 깎지 않아도 좋다는 허락을 받았기 때문이었다. 어떤 서울 토박이 동기 한 명이 "너는 머리가 길어서 극장에 마음대로 갈 수 있으니 참 좋겠다"고 말한 적도 있었다. 머리가 길어 극장에 마음대로 갈 수는 있어도 돈이 없어서 실제로 가본 적은 없다. 참 세상일에 어두운 철없는 친구라는 생각이 들었다. 교감선생님은 나한테는 반말을 안 쓰셨다. 아마 상이군인이라 나이가 많은 줄 아셨던 모양이다.

당시 서울 시내의 교통수단은 경성전기회사에서 운영하는 전차와 여러 개인회사에서 운영하는 시내버스였다. 상이군인에게는 전차가 무료였다. 군복에다 자랑스런 상이군인 배지를 달고 시내버스를 타면 돈 낼 일이 거의 없었다. 이따금 돈을 내라고 하는 버스 차장 아가씨들에게는 "내가 돈 있는 사람같이 보여?" 하고 상이군인 배지를 보여주면 아무 말도 안 하는 것이 보통이었다. 실제로 버스를 탈 만한 돈도 없었다. 그래서 남대문에서 돈암동 전차 종점까지 늘 무료로 통학했다.

군복을 입고 학교에 다녔기 때문에 친구들이나 학교 당국에 대해서는 언제나 미안한 마음을 갖고 있었다. 교복보다도 몇 달 쓰기 위해서 모자를 사는 것이 더 아까웠다. 그러던 차에 한 친지의 초등학교 다니는 아들 녀석이 머리가 커지면서 새 학생모를 쓰고 다니는 것을 알게 되어 그애의 학생모를 졸업할 때까지 몇 달 빌려 쓰기로 했다. 교복도 한 벌 남대문시장에서 사 입게 되어 고등학교 졸업 무렵에는 나도 학생복을 입기 시작했다. 그랬더니 문제가 생겼다. 상이군인 배지를 보여줘도 차장 아가씨들이 자꾸 돈 내라고 말썽을 부리기 시작한 것이다. 어쩔 수 없이 학생복 입는 것을 제한했다.

대학 입학, 기적을 이루다

1954년도 서울대학교 입학시험이 2월 말경에 있었던 것으로 기억한다. 나는 의예과를 지망했다. 그해 의예과 경쟁률은 7 대 1이었다. 혜화동 로터리에 있는 동성고등학교가 시험 장소였다. 나는 군복을 입고 시험장에 나타났다. 시험을 치는 교실에는 한 줄에 일곱 명이 앉아 있었다. 앞뒤를 돌아보니 자신이 없어졌다. 내가 이 줄에 앉은 학생들 중에서 제일 높은 점수를 받을 가능성은 거의 없다는 생각이 들었다. 일류고등학교 출신들은 자신만만하게 친구들과 대화하고 있었으나 나는 아는 사람도, 자신도 없어서 더 기가 죽었다.

하나님이 도우셔서인지 그해에는 많은 암기를 필요로 하는 역사가 시험과목에 안 들어 있었고 국어, 영어, 수학, 그리고 의예과의 경우에는 화학, 네 과목이었다. 제일 자신 있었던 수학 시험은 그다지 잘 보지 못했다. 입체기하의 정리를 하나 물었는데 답을 몰랐다. 남산고등학교나 영수학원에서 입체기하는 다루지 않았으니 정답을 쓸 수가 없었다. 걱정했던 영어 시험은 잘 치렀다. 제일 배점이 높은 영문해석 문제에 'atmosphere'라는 단어가 나왔는데 그 문장에서는 '대기'라는 뜻이 아니라 '분위기'라고 해석해야 하는 문제였다. A부터 영어단어를 공부하기 시작한 나는 A로 시작하는 단어들을 몇 차례나 보며 지나갔기 때문에 그 뜻을 모를 리가 없었다. 또 당시 미국의 대통령이었던 아이젠하워(Eisenhower)의 철자를 영어로 쓰라는 문제도 있었다. 국어는 무난하게 풀었고 화학 문제들은 꽤 쉬워서 거의 다 잘 답했다. 구두시험도 있었는데 주로 생물학 문제들을 물었다. 나의 문제는 쉬웠다. 우스운 일도 하나 있었다. 교수가 어떤 학생에게 "개구리 배꼽이 몇 개인가?" 하고 질문하자 그 학생의 대답이 "두 개 있습니다"였다고 한다.

기적적으로 나는 서울대학교 의예과에 입학했다. 아마 병역의무가 없었기 때문에 가산점을 받았으리라고 생각한다. 솔직히 말해서 나는 서울대학교가 그렇게 명성이 높은 학교인 줄도 몰랐고 그저 등록금이 제일 쌌기 때문에 시도해보기로 한 것이었다. 남한에 와서는 내내 일선에서 군인으로 지냈고, 대학 다니던 사람들을 많이 만나본 적도 없어서 대학에 대해서는 아는 것이 별로 없었다. 남산고등학교 삼십여 명의 1회 졸업생 중에서 여섯 명이 서울대학교에 진학할 수 있었다. 법대에 한 명, 사범대에 두 명, 문리대 정치과에 한 명, 상대에 한 명, 그리고 의예과에 한 명이었다. 이 여섯 명이 다 중간에 들어온 편입생들이었다. 영수학원에서 수학을 같이 배운 열 명 내외의 학생 중에서도 아마 세 명쯤 서울대학교에 입학한 것 같다.

나는 북한에서 중3을 끝내고 남하했다. 군생활 일 년 팔 개월과 미군부대 경비원 일 년을 하고도, 고등학교 과정의 대부분을 자습으로 공부했기 때문에 대학 진학이 일 년밖에 늦지 않았다. 정확히는 육 개월이 늦은 셈이다. 북한에서는 해방된 그해 한 학기 내내 한글만을 가르쳤기 때문에 새 학기를 아예 9월로 정했고, 그래서 원래 남한보다 육 개월이 늦기 때문이다. 그때는 전쟁중이라 학교를 제대로 다닌 아이들도 그렇게 열심히 공부하지는 않았던 것 같다.

금메달 상장

의예과에서의 첫해는 몹시 힘들었다. 매일 여덟 시간의 수업이 있었고 토요일 오전에도 네 시간의 수업이 있었다. 1학년 때 제일 힘들었던 것은 외국어였다. 외국어 기초강의로 일주일에 영어 네 시간, 독일어 한 시간, 그리고 프랑스어 한 시간을 택해야 했다. 내 외국어 실력은 남한에서 중고등학교를 육 년간 정식으로 다닌 동료들, 특히 서울에서 일류 고등학교를 나온 동료들과는 비교가 안 되었다. 더구나 의예과 1학년 때는 화학 교재로 노벨상을 받은 라이너스 폴링 교수의 일반화학 원서를 썼기 때문에 더 어려웠다. 그래서 영어에만 중점을 두었고 독일어나 프랑스어는 거저 통과하는 점수만 얻으면 된다고 생각했다.

대부분의 일류 고등학교 졸업생들에게는 의예과 과정이 그리 힘든 것은 아니었다고 본다. 때문에 많은 동료들이 대학생으로서 얻은 자유를 즐기고 있을 때 나는 고등학교에서 못 배운 것들을 보충하느라 열심히 공부해야만 했다. 친구들은 극장에 자유로이 드나들 수 있는 것이 참 좋은 모양이었다. 또 다방에도 많이 다니고 음악 감상도 자주 하는 것 같았다. 나는 금전적으로 여유가 없으니 극장 구경이나 음악 감상 등에 시간을 소비할 수가 없었고, 그것이 오히려 공부하는 데 도움이 되었다. 나는 늘 입학시험을 준비하던 때와 같은 기분으로 공부했다. 열심히 공부한 결과 적어도 서울대학교 장학금(인문 계통의 등록금을 면제해주는)을 받을 정도는 되었다. 또 대한상이군인협회에서도 장학

금을 받았다.

2학년이 되면서 차차 자신이 생겼다. 이제는 원서를 읽는 것도 자유로워졌다. 유기화학 같은 과목은 만점을 받았다. 2학년 때는 외국어로 독일어와 (프랑스어는 택하지 않고) 라틴어를 택해야 했으나 나는 영어에만 중점을 두고 공부해 A학점을 받았다. 어느 날 영어시간이었다. 박충집(朴忠集) 교수님이 학생들을 지명해 영어 교재를 읽게 하는 것이 상례였는데 하루는 뽑힐까봐 머리를 수그리고 있던 내가 지명되어 한 단락을 읽게 되었다. 끝난 후에 하시는 말씀이 "자네는 그런 영어를 가지고 어떻게 서울대학교에 들어왔나?"였다. 창피했다. 이것이 동기가 되어 벼르고 있으면서도 실행하지 못했던 영어발음 공부를 시작했다. 아는 단어 하나하나 발음법을 찾아보면서 영어발음 교정에 전력을 쏟게 되었다.

의예과 2학년 초부터 나는 어느 집의 입주 가정교사로 들어갔다. 초등학교 4학년 되는 학생을 한 명 맡아서 지도했고 그 일을 의과대학 졸업 때까지 계속했다. 그 집에서 먹여주고 재워주고 적은 용돈도 받았으며, 가르치는 학생의 성적이 좋아지면 용돈도 더 주고 아주 잘 대해주었다. 하루에 보통 두 시간 가르치고 나머지는 나의 공부시간이었다. 학기말시험 기간에는 학생을 가르치지 않아도 되도록 합의되어 있었다.

의예과 2학년을 마칠 때는 반에서 2등을 해 두 명한테 주는 한미재단(Korea-America Foundation) 장학금을 받았다. 1등을 한 친구는 나와 늘 어울려 다니던 용산고등학교 출신 전유방이었는데, 서울대학교 입학시험 때 총 삼천 명의 신입생 중에서 최고 점수를 받았던 친구였으니, 그 친구가 일등을 한 것은 오히려 당연한 일이었다.

그러고 나니 더 자신이 생겼다. 나도 이제는 다른 동료들과 동등한 실력으로 의과대학 본과를 시작한다는 생각이 들었다. 영어발음을 잘 못해도, 수학이 좀 떨어지더라도, 고전음악을 잘 모르더라도 의과대학 공부만큼은 다른 학생들과 똑같은 기반에서 시작되는 것이라고 생각했다. 기초과목을 배우는 의과대학 본과 첫 이 년간 나는 거의 전 과목에서 A학점을 유지했다. 임상과정에서는 필기시험과 임상실습을 합쳐서 성적을 냈기 때문에, 석차에는 별 영향이 없었다. 석차는 기초과정에서 거의 결정된 셈이었다. 사 년간의 총 점수를 합쳐볼 때 내가 수석으로 결정되어, 의과대학을 졸업할 때는 총장 윤일선 박사로부터 금메달 상장을 받았다.

나는 재향군인이었기 때문에 의과대학 1, 2학년 여름방학 때 수색에 있는 제30예비사단에 가서 한 달씩 예비역 군사훈련을 받아야 했다. 참 불공평한 세상이라는 생각이 들었다. 군대에 아직 가보지도 않은 동료들은 여름방학을 즐기며 학교에 나와서 과외공부도 하는데, 나는 일선 근무에 부상까지 당하면서 종군하고도 방학 때 놀지 못하고 예비역 훈련을 받으러 가야 했으니 말이다.

한국 땅을 내려다보며

의과대학 졸업 후 서울대학병원에서 인턴으로 일할 기회는 졸업성적 순으로 주어졌다. 당시에는 대학병원에 남아서 인턴과 레지던트를 하게 되면 병역의무를 연기해주었다. 나같이 병역의무가 없는 사람과 여의사들은 국방부에서 결정한 병역연기 인원수에서 예외로 취급되었다. 1960년도 서울대학병원 인턴으로는 열여섯 명이 선출되었고 나는 소아과로 결정했다. 사실 홍창의(洪彰義) 교수님(당시 전임강사)의 영향을 받아 오래전에 소아과를 전공하기로 마음먹고 있었다. 수석 졸업생이 소아과를 택했다고 과장님도 좋아하셨다.

홍창의 교수님은 일제시대에 교토 제국대학 의학부에 재학중이었는데, 해방 후 귀국하여 서울대학교 의과대학 1회 졸업생이 되셨다. 그분은 내가 제일 존경하는 교수님 중 한 분이셨다. 후에 서울대학교 부속병원과 보건대학원 원장 등을 역임하셨고, 유명한 교과서 『홍창의 소아과학』을 비롯하여 소아심장학 계통의 많은 연구논문과 의학 교재들도 출판하셨다. 나는 그분의 생활태도에서 많은 것을 배웠다.

인턴으로 일하는 기간에는 병원에서 식사와 숙소를 제공했기 때문에 가정교사를 할 필요가 없었다. 그때 우리의 봉급은 미화 오 불 정도였던 것으로 기억된다. 좋은 교육을 받았고 특히 인턴을 시작한 직후에는 4·19혁명이 일어나서 많은 부상자들이 서울대학교 부속병원에 입원했는데, 그것이 우리에게 좋은 경험이 되었다. 4·19혁명은 1960년 4월에 학생들이 중심 세력이 되어 일으킨 반 이승만정권 시위로 시작되었는데, 경찰이 이 시위를 진압하기 위해 총까지 발사함으로써 꽤 많은 희생자가 생겼던 것이다.

인턴이 끝나고 일 년차 소아과 레지던트가 되면서 생활이 힘들어지기 시작했다. 봉급이 십 불로 인상되는 대신에 무료 식사와 숙소가 없어지고 말았다. 나는 또다시 배고픈 경험을 하게 되었다. 숙소가 없어서 소아과 의국 내 쓰지 않는 목욕탕 방에다 침대 매트리스를 올려놓고 거기서 잤다. 아침식사는 분유를 타서 파는 우유 한 병으로 때웠다. 구내식당은 아침에 열지도 않았지만 열었더라도 돈이 없어서 아침을 매일 사먹을 형편이 못 되었다. 의사까지 된 사람이 다시 가정교사를 할 수도 없어 앞으로 사 년이나 남은 레지던트 생활을 어떻게 끝낼까 하는 걱정거리가 생겼다. 돈 있는 사업가 가정과 중매결혼 이야기도 오갔다. 그러나 나의 자존심이 허락지 않았다. 그때 다행히도 미국에 갈 수 있는 기회가 있다는 것을 알게 되었다. ECFMG(Educational Council for Foreign Medical Graduates) 시험에 합격하면 미국에서 레지던트 훈련을 받고 전문의가 될 수 있으며, 식사와 숙소 문제도 해결된다는 것이었다. 그때 서울대학교 소아과에는 미국에서 훈련을 받은 소아과 전문의 두 분(고故 문형로, 고광욱)이 강사로 계시면서 우리에게 좋은 영향을 많이 주셨다.

그래서 미국에 가기로 결단을 내렸다. 식사 문제를 해결하고, 시험 준비할 시간을 얻고, 또 미국까지의 비행기표 값을 벌어야 했기 때문에 레지던트를 휴직하는 중대한 결정을 내렸다. 소아과 과장으로 계시던 이국주(李國柱) 교수님과 상의한 결과, 일하러 나오지 않더라도 레지던트 일 년차는 마치는 것으로 인정하시겠다며 소아심장학이나 유전학을 공부하면 좋겠다는 의향도 덧붙이셨다. 휴직 후에는 돈암동에 있는 어느 개인병원에서 저녁시간에 대진하는 일을 했다. 그 개인병원 위층에 방 한 칸을 얻고 식사와 봉급도 제공받았다.

1962년 초에 ECFMG 시험을 통과하고 미국으로 온 것은 8월이었다. 그후에도 많은 한국인 의사들이 미국에 왔으니 내가 선발대 중 한 사람이었던 셈이다. 비행기표 값이 모자라 미국 병원에서 비행기표를 사 보내고 후에 나의 봉급에서 제하도록 교섭했다. 그때 서울에서 뉴욕까지의 편도 비행기표 값이 육백칠십 불이었으니 참 엄청난 액수였다. 한국 정부에서는 미국 여행자들에게 미화 백 불 이상의 휴대를 허용하지 않았다.

1961년에 있었던 5·16군사정변 직후였기 때문에 군복무를 끝낸 사람에게만 외국여행이 허락되었다. 국방부에서 발행하는 증명서가 필요했다. 나는 국방부에 가서 신청서류를 제출하고 6사단 수색대에 있을 때 나를 많이 돌봐주신 홍덕숭 상사님을 방문하기로 했다. 홍상사님은 당시 국방부 인사처에서 근무하고 계셨다. 저녁을 잘 대접하면서 고마웠던 옛날 이야기를 하고 그때는 어려워서 제대로 표현하지 못했던 감사의 말도 전했다. 홍상사님도 내가 성공했다는 것에 크게 만족하셨다. 이때 불쌍한 강남용 형이 전사했다는 슬픈 소식을 처음 들었다.

여권이 나올 때까지 시간이 오래 걸렸다. 아는 사람이 있어야 하고 뇌물을 써야만 일이 되던 시절이어서 내 경우는 특히 오래 걸렸다. 아는 사람도 없었고 뇌물 쓸 돈도 없었거니와 그렇게 하고 싶지도 않았다. 미국 대사관에서 비자를 얻는 것은 훨씬 간단했다. 8월 초에야 수속이 끝나 드디어 미국행 비행기에 몸을 실었다. 7월 1일부터 시작했어야 할 인턴 수련이 한 달 반이나 늦었다. 친지들은 출발 예정일 이틀 후에 제트기가 뜨니까 그때 떠나라고 권했으나 나는 기다리지 않고 프로펠러 비행기를 타기로 했다. 군사정권하에서 법이 거의 매일 변하던 때라서 더 기다리기가 싫었다. 내가 한국을 떠날 당시(1962년)는 한강 위에 노량진 다리 하나밖에 없을 때였고, 김포공항도 새로 생겼기 때문에 공항으로 가는 도로는 아직 포장도 안 되어 있었다. 그때 제일 인기 있고 내가 좋아하던 가수는 박재란이었다. 친한 동기 한 사람이 짐을 체크인한 후에 박재란의 레코드를 들고 공항까지 나왔기에 그것을 받아들고 미국까지 왔다.

가능하다면 한 많은 한반도에 다시 와서 살고 싶은 생각이 별로 없을 때였다. 그리고 그것보다도 대학교수가, 무엇보다도 세계적으로 인정받는 교수가 되고 싶었다. 그때 한국의 형편으로 볼 때 한국에서는 그렇게 될 가능성이 거의 없었다. 그래서 나는 미국에 살면서 미국 의과대학의 교수가 되겠다고 결심했다. 비행기를 일생 처음으로 타는 기회였다. 프로펠러가 달린 노스웨스트 비행기를 타고 김포공항을 떠났다. 마지막으로 한국 땅을 내려다보았다. 대머리 산들로 가득 찬 한반도를 내려다보았다. 다시는 돌아오지 않을지도 모르는 원한의 한반도를 바라보니 나도 모르는 사이에 눈물이 흘렀다. 우선 도쿄까지 가서 제트기로 갈아탔다. 그때는 비행기가 도쿄에서 하와이까지도 직행하지 못하고 도중에 웨이크아일랜드에서 연료 보급을 받아야 하는 때였다.

같이 여행하는 분들 중에는 외국을 여행한 경험이 많은 대한여행사 사장님도 있었다. 그분은 영어도 잘하시고 일본어도 잘하셨기 때문에 일본에서 몇 시간 연착되는 비행기를 기다리는 사이에 항공사의 주선으로 도쿄 시내의 호텔에 가서 샤워를 할 수 있었고, 또 우동과 사케도 즐길 수 있었다. 일본까지 왔을 때 나는 이미 완전히 자신을 잃었다. 얼굴도 꼭 같은 사람들인데 말이 안 통하는 불편을 느끼게 되었고, 앞으로 얼굴과 풍습까지 전혀 다른 미국에 가서 고생해야 할 일들을 생각하니 걱정이 되었다. 대한여행사 사장님은 하와이에서 한국 총영사로 계신 친구 집에서 하루 쉬고 가기로 했다면서, 미국 본토에 가면 먹기 힘든 김치도 마지막으로 먹고 가는 것이 어떻겠냐고 하셨다. 호놀룰루 호텔에서 하룻밤을 쉬면서 총영사 댁에서 맛있는 저녁식사를 대접받았다.

호놀룰루 비행장에서 입국 수속을 끝내고 영어로 뭐라고 묻는데 못 알아듣겠기에 두 번이나 "I beg your pardon"이라고 하여 반복하게 했으나 그래도 무슨 말인지 알 수가 없었다. 그래서 결국은 "Yes"라고 대답을 해버렸다. 후에 알고 보았더니 샌프란시스코로 오늘 갈 예정이냐고 물어본 것이었다. 그렇다고 했으니 당연히 짐은 샌프란시스코로 보내졌고 나는 짐 없이 호놀룰루에서 하루를 지내게 되었다. 모르면 절대로 대답하지 말라는 선배들의 충고를 어기고 치른 첫 교훈이었다. 샌프란시스코 비행장에서 뭐라고 말을 해야 짐을 찾을 수 있을까 계속 생각해보았고, 심지어 영어 문장까지 써놓고 준비해두었다. 그런데 비행기에서 내리자마자 어떤 사람이 나에게 "Dr. Park"이냐고 묻더니 곧바로 짐이 있는 곳으로 안내했다. 과연 선진국이라며 감탄했다.

여기서 처음으로 에스컬레이터를 타보았다. 한국에는 에스컬레이터가 없었고, 그나마 작동하는 엘리베이터도 반도호텔과 화신백화점 말고는 없을 때였다. 호놀룰루에서 묵은 다음날 아침에 미국 유학을 마치고 귀국하는 사람과 약국에 가서 아침식사를 같이 했다. 약국에서 맥주도 팔고 음식도 먹을 수 있다는 것을 처음 알게 되었다. 식사 후에 팁을 놓지 않고 나왔는데 미국에서는 팁을 꼭 주어야 한다고 해서 다시 들어가서 팁을 놓고 나왔다.

나의 목적지는 친구가 인턴으로 있던 볼티모어였다. 비행장에 있는 경찰의 도움을 받아 병원에 전화를 걸었더니 한 시간가량 기다려야 한다고 했다. 기다리는 사이에 목이 말라 자판기로 가보니 루트 비어(root beer, 나무 뿌리의 즙에 이스트를 넣어 만든 음료로 알코올 성분이 없다)라는 것이 있어서, 이런 데서 맥주를 다 파니 참 이상한 나라라고 생각하며 한 잔 사 마신 후에야 루트 비어가 무엇인지를 알아냈다.

돌이켜보건대 나는 6·25전쟁중에 북한에서 중3을 마치고 남하하여 한국을 떠날 때까지 십일 년 반을 남한에서 살았다. 그중에서도 첫 구년 사이에 거대한 일들을 성취할 수 있었다. 군복무 이십 개월을 마치고, 상이군인으로 제대하고, 일 년간 미군부대 경비원 노릇을 하고, 고등학교를 거의 건너뛰다시피 하고, 그리고 마침내 서울대학교에 입학해 의과대학을 졸업할 즈음에는 누구 못지않은 성공을 이룬 것이다. 즉 이 짧은 시일에 나는 '실뱀에서 용이 되었다'고도 볼 수 있다. 다음에 이야기하는 미국에서의 고생스러웠던 생활은 그때 미국으로 의학 수련을 받으러 온 의사들이라면 흔히 겪는 일들이었다.

워싱턴 시골의 한국인 의사

미국 의사면허증을 따다

영어실력이 모자라던 나는 뉴욕 주의 조그만 도시 포킵시에 있는 'Vasssar Brothers' 병원에서 인턴 일을 하게 되었다. 이미 서울대학병원에서 인턴을 마쳤기 때문에 학술적인 것보다는 회화에 익숙해지고 미국 의학 전반에 대한 지식을 얻으려는 목적이었다. 영어에 빨리 익숙해지기 위해 병원에 한국 사람이 한 명도 없다는 사실을 확인하고 왔다. 한국인이 있으면 한국말을 많이 쓰게 될 것이고 영어를 배우는 데 지장을 받을까봐 미리 예방한 것이었다.

일을 시작한 지 한 달도 안 돼 올버니 의과대학에서 그 산하에 있는 열 개의 교육병원 인턴들에게 예고 없이 시험을 치게 했다. 우리 병원도 올버니 의과대학 산하의 교육병원이었다. 그때 나는 영어를 잘 못 알아들어 몹시 힘들게 인턴 노릇을 하고 있었다. 그러나 시험 결과 열 개 병원 인턴들 중에서 최고점을 받았고 이 소식을 들은 병원장도 무척 기뻐했다. 개인적으로는 영어 때문에 애를 먹고 있지만 실력만큼은 제대로 증명한 셈이었다.

그때부터 야간근무는 이삼 일에 한 번이 아니라 나흘에 한 번만 하게 되었다. 또 레지던트 자리를 구할 때도 그분에게 좋은 추천서를 받을 수 있었다. 금요일 오후에는 나와 나보다도 영어를 더 못하는 일본인 의사 둘에게, 인턴의 임무를 잠시 떠나 자원봉사자로 나오는 고등학교 영어 선생님에게 특별 영어회화 지도를 받도록 해주었다. 서울대학병원에서 채혈과 정맥주사를 수없이 경험해본 터라 정맥주사를 잘 놓는다는 소문이 나서 이따금 밤에 수간호사로부터 특별 부탁이 오기도 했다. 낮에는 IV팀(intravenous team, 정맥주사 팀)이 있어서 문제가 없었지만 밤이 문제였다. 일본인 의사인 이케다(池田) 선생은 산부인과 전문의라서, 나를 비롯한 다른 인턴들이 새로 입원한 환자의 신체검사를 할 때 부인과 분야의 진찰 소견들을 많이 가르쳐주었다. 그래서 영어는 허덕였지만 우리는 모든 인턴들로부터 인정받을 수 있었다.

좋은 추천서를 받은 덕분에 레지던트 수련은 워싱턴DC에 있는 조지타운 대학병원에서 하게 되었고, 웨스트버지니아 대학병원에서는 치프레지던트로 일하게 되었다. 조지타운 대학병원에서는 봉급이 너무 적어서 애를 많이 먹었다. 웨스트버지니아에 가기로 한 이유는 봉급도 훨씬 많았지만 그 주에 영주권을 얻도록 도와준다는 사람이 있어서였다.

결국 성공은 못 했다. 하지만 시골이라 사람들의 인심이 좋았고 치프 레지던트에겐 매일 식사를 무료로 할 수 있는 특전까지 있었다.

소아과 전문의 수련을 마치고, 서울대학교 교수님들이 원했던 바와 같이 소아심장학을 더 깊이 공부하기 위해 시애틀에 있는 워싱턴 주립대학교 의과대학으로 옮겼다. 그곳에 있는 동안 의사면허 시험을 쳐서 워싱턴 주 의사면허증을 받았다. 워싱턴 주에서는 영주권이나 시민권이 없어도 의사면허 시험을 칠 수 있었다. 시애틀에서의 주임교수는 건터 로스 교수로 하버드 의과대학을 삼 년 만에 졸업한 수재였다. 그리고 하버드 대학병원에서 레지던트와 펠로를 거치며, 임상가로서 기초의학 연구에 매진해온 분으로 잘 알려져 있었다. 그곳에서 펠로를 하는 동안에 미국 소아과 전문의 자격증을 받았다.

1967년 서른두 살이 되던 해, 나는 김의순과 결혼했다. 아내는 아홉 살 때 한국을 떠나 일본에서 중학교 시절을 보내고, 부모님을 따라 오키나와로 가서 미국인 고등학교를 졸업했으며, 일리노이 주의 대학에서 수학을 전공했다. 약혼 당시 그녀는 일리노이 주 남쪽에서 초등학교 교사로 일하고 있었다. 장인어른 김종흡(金宗洽)은 일제시대에 교토 제국대학을 졸업하고 6·25전쟁 당시에는 서울대학교 교무처장 겸 문리과대학 신학과 교수를 지낸 분이었다.

교환방문자 비자

나는 미국에 올 때 교환방문자 비자(exchange visitor's visa)로 들어왔다. 당시 모든 외국인 의사들은 이 비자로 미국에 왔는데, 오 년 후에는 본국으로 돌아가서 이 년 동안 봉사해야 다시 이민 신청을 할 수 있는 비자였다. 서울대학교에 출강할 수 있기를 바라고 편지를 썼으나 아무런 회신도 없었다. 그래서 시애틀에 있는 워싱턴 주립대학에서 일 년 더 수련을 받으며 순환기에 관한 생리학 연구 경험을 얻기로 했다.

육 년이 지나고 나니 정말로 미국을 떠나야만 했다. 마지막 남은 일 년 동안 미국에서 직장을 구할 수 있기를 바라고 여러모로 알아보았다. 지도교수인 건터로스 교수도 하원의원을 통해 미국 정부기관에 자리를 알아보았다. 좋은 자리가 하나 생겼다. 미국 보건성의 만성질환방제연구소(Chronic Disease Control Center)에서 일하던 소아심장과 전문의가 복무를 마치고 개업할 계획으로 그 자리를 사임한다는 소식을 들었던 것이다. 모든 신청서류를 구비해 제출하고 전화로 인터뷰도 했다. 보건성 측에서도 시간이 좀 걸릴지언정 문제없을 거라고 말했다. 미국 이민법에는 만약 연방정부기관에서 해당 외국인이 아니고는 그 자리를 채울 만한 미국 시민이 없다는 것을 인정하면, 교환방문자 비자로 들어온 사람도 귀국하지 않고 바로 영주권을 얻을 수 있다는 조항이 씌어 있다. 지원 자격은 충분했다. 워싱턴DC에 면접도 보러 갔고 사무실과 봉급까지 다 결정되어 시애틀에 돌아와서는 이사 갈 때 필요한 새 자동차를 보러 다니고 있었다. 모든 게 잘 되리라고 믿고 있던 차에 문제가 생겼다.

베트남전쟁으로 입장이 곤란해진 존슨 대통령이 특별명령을 내려서 연방정부의 신규 채용을 당분간 동결했다는 것이다. 동결 해제가 언제 될지 모르는 채 마냥 기다리고 있을 수도 없어서 다른 방책을 알아보기 시작했다. 서울대학교에 다시 편지를 썼으나 아무런 대답도 없었다. 그때 느낀 바는 미국에서는 안 되면 안 된다고 간단한 답장이라도 바로 해주는데 한국인의 '미덕'에는 그런 친절이 없다는 것이었다. 참으로 유감이었다. 별수 없이 캐나다의 여러 대학에 편지를 썼으나, 교수직은 없고 펠로로는 받을 수 있다, 금년은 안 되고 내년에나 자리가 있다는 회답이 대부분이었다. 다행히 서스캐처원 주립대학교에서 즉시 펠로로 쓸 수 있다는 답변이 와서 그리 가기로 했다. 다른 도리가 없었다. 이민 신청서류가 결재될 때까지 시일이 걸렸기 때문에, 그사이 건터로스 교수가 자신의 연구실에서 이 개월간 더 일하게 해주셨다. 두 달이면 이민 수속이 끝나리라고 생각했다. 또 문제가 생겼다.

이번에는 우체국 직원들의 파업으로 캐나다 우편통신망이 완전히 마비되어 내 이민 수속서류가 어디에 있는지조차 알 수 없다고 했다. 그때는 장거리전화료도 비쌌고 휴대폰도 없을 때라 기다리는 수밖에 없었다. 한 달 동안 시애틀의 대학병원에서 마취과 레지던트로 계시던 선배 이동립(李東立) 선생 댁에서 만삭이 가까워오는 처와 같이 신세를 졌다. 애들이 넷이나 있는 이선생 댁도 힘들게 지낼 때였다. 도리가 없으니 염치없이 신세를 지면서 내심 얼마나 고마웠는지 모른다. 하지만 무작정 이선생 댁에만 있을 수는 없어서 몇 주 후에 값싼 모텔에 주중가격으로 들어갔다. 이민 수속서류를 다시 만들어 이번에는 워싱턴 주와 캐나다의 경계선에 있는 캐나다 이민국 지점 사무실로 직접 제출했고, 초청하는 교수님께 전화를 걸어서 독촉해달라고 부탁한 뒤 모텔에서 별로 하는 일 없이 기다리는 수밖에 없었다. 당시 월드시리즈 결승전에 세인트루이스 카디널스가 올라갔던 것으로 기억한다. 우리는 아내가 대학 졸업 후에 잠시 일한 적 있는 세인트루이스를 응원하면서 텔레비전으로 야구를 구경했다.

캐나다에서 다시 인턴이 된 이유

드디어 캐나다 영주권이 나왔다. 나 혼자 캐나다로 가고 만삭이었던 집사람은 밀워키에서 병리학 레지던트로 일하던 큰오빠 집에서 아기를 낳기로 했다. 얼마 되지 않는 짐(대부분이 책)을 시애틀의 미국인 친구가 부쳐주기로 하고 나머지는 차에 실을 대로 실어 새스커툰이라는 도시까지 운전해 갔다.

시애틀을 떠나는 날은 슬펐다. 아름다운 상록수들이 늘어서 있는 고속도로를 달려가면서 언젠가는 이 나라에 다시 와서 살겠다고 다짐했다. 캐나다의 브리티시컬럼비아 주를 지나 로키산맥을 넘고, 캘거리라는 도시를 거쳐 운전했다. 자동차 배터리가 불안해서 주유소가 아니면 엔진을 끄지 않았다. 주유소에서는 무료로 시동을 도와줄 것이라 생각했기 때문이었다. 점심은 싸게 때우려고 식료품점에서 빵과 샌드위치 속, 마실 것 등을 사서 쉬는 동안 차 안에서 먹기로 했다. 캘거리 시내가 내려다보이는 언덕 위의 시립공원에 차를 세우고 그 안에 앉아서 먹었다. 다시 시동이 안 걸릴까봐 엔진을 켜둔 채로 점심을 먹고 또 달리기 시작했다. 앨버타 주의 평야는 정말 넓었다. 하루 종일 달려도 산 하나 보이지 않았다. 또 이런 대평야에서는 해가 지자마자 주변이 금세 캄캄해진다는 것도 알았다. 곧 첫아이가 밀워키의 세인트루크 병원에서 출생했고, 집사람은 아기가 생후 구 일째 되는 날 캐나다로 들어왔다. 우리는 대학병원 근처에 작은 집 한 채를 빌려 살았다.

캐나다의 서스캐처원 주는 굉장히 추운 곳이다. 이곳은 하도 추워서 1월에는 영하 사십 도까지도 내려간다. 자동차에도 특별장치를 해야 한다. 대부분의 주차장에 '플러그인'이라는, 엔진의 기름을 유체화시키는 전기장치가 되어 있고 차내에도 전기 난방장치를 가동하지 않으면 아침에 시동이 걸리지 않는다. 플러그인이 없는 주차장에 주차를 했을 때는 엔진을 끄지 않고 차문만 잠근 뒤 볼 일을 봐야 했다. 그래서 많은 사람들이 자동차 키를 두 개씩 가지고 있었다. 직장에 플러그인이 없는 사람들은 점심시간에 시동을 걸어놓고 점심식사 후에 끄는 습관이 있었다. 그래야 퇴근할 때 시동이 잘 걸리기 때문이다. 또 시동 후에 바로 차를 움직이지 않고 잡지 같은 것을 읽으며 예열을 했다가 출발했다. 안 그러면 엔진이 꺼져서 다시 시동을 걸기 힘들어진다. 그래서 캐나다 사람들 차 안에는 잡지나 책들이 몇 권씩 있다는 것을 알게 되었다.

캐나다에서 펠로로 일할 때는 봉급이 아주 적었다. 집사람은 고기를 좋아하는 편이다. 그러나 한 달에 한 번 월급날에 티본스테이크를 사 먹을 형편밖에 안 되었다. 이 중요한 월례 행사 때는 촛불을 켜고 기분을 내며 저녁을 먹곤 했다. 주말에는 아기를 데리고 선디(sundae)를 사 먹는 것이 하나의 낙이었다. 뒷마당의 텃밭은 흙이 좋아서 농사가 잘되었다. 오이, 콩, 시금치, 토마토 등을 심어 먹는 것이 재미있었다. 사과나무도 몇 그루 있어서 맛있는 사과를 따 먹을 수 있었다.

나는 서스캐처원 대학교 의과대학에서 조교수로 일했으나 대외적인 직책은 인턴이었다. 캐나다에서는 어느 나라에서 의과대학을 졸업했느냐에 따라 여러 층의 차별대우가 있었다. 서스캐처원 주에서는 영국에서 의과대학을 졸업한 사람은 시험 없이 개업할 수 있었고, 홍콩 같은 영연방에서 온 사람에게는 곧 시험을 칠 자격을 주었으나, 한국이나 일본, 필리핀 등에서 온 사람은 일 년간 인턴으로 일한 후에야 시험 칠 자격을 주었다. 미국에서는 어느 나라에서 왔건 의과대학 졸업생이라면 차별하지 않았다. 이 일로 캐나다에서 살고 싶은 생각이 더 없어졌다.

영주권자의 자유를 누리다

의사면허증이 있는 미국 워싱턴 주에 돌아와서 개업할 수 있는 기회를 알아본 결과, 의사를 필요로 하는 시골에 가서 봉사한다는 조건하에 영주권 취득을 도와주겠다는 곳을 찾아냈다. 워싱턴 주 동부 그랜드쿨리에 개업하기로 하고 미국에 입국해 일 년 반 동안 근무했다. 근무하는 동안 동네 변호사와 스포캔에 있는 이민국에 찾아가서 도움을 청했더니, 내 경우에는 방문자로 미국에 들어온 것이니까 영주권 신청을 하고 바로 개업을 하면 된다고 가르쳐주었다. 하라는 대로 하고 약 일 년 동안 근무했더니 정말 영주권이 나왔다.

그랜드쿨리는 미국에서 제일 큰, 그리고 한때는 세계에서 제일 컸던 수력발전소가 있는 곳이다(후에 이집트가 구 소련의 협조를 받아 아스완 수력발전소를 건설, 그랜드쿨리 발전소를 능가해버렸다). 너무 작은 도시여서 사는 재미가 없었고 개인병원을 개업하는 것도 별로 내키지 않았다. 그런 가운데 의과대학 교수가 되고 싶은 생각은 커져만 갔다. 그동안에 둘째 아들 용철(Christopher)과 셋째 아들 용선(Warren)이 태어났다.

봉사의무를 마치고 대학교수를 준비하기 위해 다시 이 년간 워싱턴 대학교 의과대학의 약리학 교실에서 연방정부의 보조를 받아 연구생으로 일하며 약리학 연구 경험을 쌓았다. 이 연구실 수련이 이후의 교수생활에 큰 도움이 되었다.

약리학 교실에서 일하면서 시애틀로 옮겨 조그만 집 한 채를 샀다. 우리 가족이 처음 가져보는 집이었다. 벽돌 이층집으로 방이 네 개 있었다. 시애틀에 살면서 영주권자의 자유를 마음껏 누렸다. 주말이면 얼마 멀지 않은 캐나다 밴쿠버에 아이들을 데리고 자주 놀러 가곤 했다. 노는 재미보다도 국경을 마음대로 통과할 수 있다는 자유가 그렇게 행복할 수 없었다.

의사로 산다는 것

약리학 교실에서 수련을 마친 후 교수생활이 시작되었다. 그때까지 여러 어려움을 치른 대가인지 고생스럽지 않고, 재미있고, 성공적이었다. 맨 처음 받은 보직은 캔자스시티에 있는 캔자스 주립대학교 의과대학의 소아과 조교수직이었다. 나는 동료 교수들의 협조와 격려를 받으며 열심히 연구실 생활을 할 수 있었다. 많은 논문을 발표하며 연구의 중요성을 인정받아, 삼 년 만에 테뉴어(tenure, 정년직)를 받고 부교수로 진급했다. 보통은 칠 년간 조교수로 일해야 부교수로 승진되니 아주 빠른 셈이었다.

같은 해에 비교적 최근에 생긴 샌안토니오의 텍사스 주립대학교 의과대학에서 부교수 겸 테뉴어를 받고 소아심장학과 주임교수 겸 약리학 부교수로 전임했다. 갑자기 소아심장학과 주임교수가 되고 보니 겁도 좀 났으나 소아심장분과의 행정과 학생교육에 대한 결정권도 생겨, 서서히 미국 대학교수 생활을 즐기기 시작했다. 나는 주로 심장과 혈관(순환기 계통)에 관한 약리학 연구를 했고 또 발생약리학의 창시자 중 한 사람이 되었다. 연구실에는 늘 테크니션 한 명이 있었고, 특히 일본 도쿄대학교에서 약리학을 전공한 하야시 박사가 박사후 연구원으로 오 년간 일하면서 좋은 연구성과를 내주었다. 텍사스 주립대학교에서도 계속 기초연구, 임상 강의 및 환자 진료라는 세 부분에 매진하여 칠 년 후 마흔아홉 살 되던 해에 정교수로 승진했다. 미국 의과대학 교수가 되려면 연구와 출판, 학생교육, 그리고 임상 분야를 고루 잘해야 하며 세계적인 인정을 받아야 한다. 어떤 경우에는 정교수가 되어보지도 못하고 정년퇴직을 하는 사람들도 있다.

텍사스 주립대학교에서 일하기 시작한 후로 나는 소아심장학 분야의 교재 열두 권을 출판했다. 1982년에 처음 출판한 책은 『소아심전도 읽는 법 *How to Read Pediatric ECGs*』으로 2006년 제4개정판이 나왔다. 이 책은 미국에서는 물론 유럽에서도 인기가 있어서, 스페인어로도 번역되어 세계적으로 많이 읽히고 있다. 두번째 쓴 교재는 『임상가를 위한 소아심장학 *Pediatric Cardiology for Practitioners*』으로 이 책도 현재 제5개정판까지 나와 있다. 세번째 쓴 책이 『소아심장학 핸드북 *The Pediatric Cardiology Handbook*』으로 현재 제3개정판까지 나와 있다. 이 핸드북은 영어가 아닌 외국어, 즉 스페인어, 독일어, 이탈리아어로 번역되어 세계적으로 많은 독자들을 가지고 있다. 1991년에는 학생들을 잘 가르친다 하여 대학 총장이 수여하는 '우수 교수상(Presidential

Award for Excellence in Teaching)'도 받았다.

1982년에는 서울에서 열렸던 '아시아주 소아과학회'에 특별강사로 초대받는 동시에 서울대학교 의과대학에서 교수로 귀국하라는 권유를 받았다. 그때 서울대학병원에서는 소아진료원을 신축하고 있었다. 그 건물이 완성되면 소아심장학과를 확장시킬 예정이었다. 내가 귀국하면 서울대학교에 소아심장학 펠로를 양성하는 교육센터를 만들고 외국 대신 모교에서 수련하도록 할 계획도 있다고 했다. 아이들이 중학교에 다닐 때의 일이었다. 물론 젊어서의 소원은 서울대학교 교수가 되는 것이었지만 이 년 동안 곰곰이 생각한 끝에 한국에 나가지 않기로 힘든 결정을 내렸다. 1984년에 서울대학교 소아진료원 개원 축하 학술대회에 초청을 받아 귀국했을 때 그 결정을 정식으로 통고했다.

1982년의 귀국이 한국을 떠난 후 이십 년 이 개월 만의 첫 귀국이었다. 그때 내 친한 친구이며 황주고등학교 동기인 김리순(金利淳)의 주선으로, 황고 동창들이 나를 환영하기 위해 같이 모였다. 십여 명의 동기들과 선배 몇 명이 모였다. 그 모임에서 다른 동기들과 선생님들의 소식을 들었다. 친구 조정우에 대한 슬픈 소식도 들었다. 그렇게 친했던 조정우와 서로 얼굴도 못 보고, 하고 싶은 말도 한번 마음껏 해보지 못하고 영원한 이별을 했다는 것이 슬프다. 인민군들이 막 흩어져서 후퇴하는 때였다고 한다. 조정우가 그들을 피해 고향에 숨어 있을 때 한 인민군 장교가 밥을 얻어먹으러 왔는데, 그가 쉬는 틈을 타 권총을 뺏으려고 하다 성공하지 못하고 맞아 죽었다는 슬픈 소식이었다. 또 조정우와 같이 우리 집을 방문했던 경제지리 선생님은 국군이 들어왔을 때 임시 교장선생님으로 일하셨다고 한다. 내 가정성분을 알고도 학교 당국에 보고하지 않은 분이었으니 빨갱이가 아니란 것은 짐작하고 있었다. 대부분의 동기들이 대학교를 졸업했으나 제일 빠른 친구들도 나보다 일 년은 늦게 입학했다고 한다. 나는 고등학교를 거의 건너뛰었기 때문에 군복무를 하고도 반년밖에 늦지 않았다.

이 책을 쓰면서 절실히 느낀 바는 하나님께서 나뿐만 아니라 내 가정도 축복해주셨다는 것이다. 우리는 아들 셋을 두었다. 아쉽게도 딸 기르는 재미는 못 보았다. 세 아들이 다 공립고등학교를 다녔다. 아이들 스스로도 원했고 또 사립학교는 대학교수 봉급으로 보낼 형편도 못 되었다. 학교 다니는 동안에도 못된 길로 들지 않고 열심히들 공부를 잘해주었다. 셋 다 칠백 명이 넘는 고등학교 졸업반을 우등으로 졸업했고 또 아이비리그 대학들을 졸업했다.

장남 용운(Douglas)은 하버드 대학교 사회학과를 최우등으로 졸업하고 스탠퍼드 대학교 비즈니스 스쿨에서 박사학위를 받은 후에, 몇 년간 교편을 잡다가 다시 로스쿨을 나와 변호사로 일하고 있다. 용운은 결혼하여 손녀 정인(Natalie)과 지인(Audrey)을 두고 있다. 착한 며느리(손진희)가 들어온 것도 역시 축복이다. 둘째 용철은 고등학교를 수석으로 졸업하고 예일 대학교에서 생화학을 전공했으며 컬럼비아 의과대학에서 구 년이나 걸리는 MD/PhD를 미국 보건성의 지원으로 공부했다. 그후 스탠퍼드 의과대학에서 병리학 레지던트와 혈액병리학 펠로십을 마친 후, 현재는 스탠퍼드 대학교 교수진에 있다. 셋째 용선은 브라운 대학교에서 종교학을 전공했다. 졸업 후 한국에 나가 칠팔 년간 일하며 한국을 무척 좋아하게 되었다. 한국에서 고등학교 영어 선생도 하고, 재정경제부를 비롯해 한국개발연구원 등에서 일하며 한국말이 무척 늘었고 한자도 많이 알게 되었다. 근래에 일리노이 대학교에서 재정석사학위를 받고 다시 한국에 나가 현재는 하나금융연구소에서 일하고 있다. 1970년대에 누님 가족이 먼저, 뒤이어 형님 가족이 미국으로 이민을 오셨다. 초기에는 얼마간 고생했으나 지금은 자녀들이 모두 성공하여 텍사스 주 댈러스에서 잘 살고 있다. 우리 삼남매의 가족이 한자리에 모이면 거의 마흔 명 가까이 된다.

대학교수의 봉급으로 힘들게 아이들 공부를 시켰다. 그러던 차에 봉급이 후하고 세금 혜택도 있는 직장을 얻어 삼 년간 외국에 가서 일했다. 1995년부터 1998년까지 중동 바레인에 있는 아라비안걸프 대학교 의과대학 소아과 주임교수로 초청받아 삼 년간 봉사하고 테뉴어가 있는 텍사스 대학교로 복직했다. 바레인에 있는 동안 그 나라가 소아심장 수술을 시작할 수 있는 기반을 잡아주는 데 공헌했다. 삼 년 동안 중동에 있으면서 그 근방 국가들을 방문할 기회도 얻었다. 그리하여 이집트, 오만, 아랍에미리트, 쿠웨이트, 요르단, 터키 등을 방문하고 사우디아라비아에도 고문 교수로 방문할 기회를 가졌다. 1998년에 텍사스 주립대학으로 복직했고 2003년 가을에는 만 예순아홉의 나이로 현역에서 은퇴, 현재는 텍사스 주 코퍼스크리스티에 있는 드리스콜 소아병원에서 격주 파트타임으로 외래환자를 보고 있다.

2005년 3월에는 서울대학교 의과대학 동창회에서 수여하는 제6회 함춘대상(학술연구 부문)을 수상하는 명예를 얻었다. 서울대학교 의과대학 동창회에서 나의 일생에 걸친 학술적 공헌을 인정한다는 의미로 수여한 상으로, 나로서는 최고의 영광으로 생각하고 있다.

맺는말

책을 정리하면서 나의 일생을 자세히 되짚어보는 기회를 갖게 되었다. 어렸을 때 나는 공산정치를 겪으며 사상적으로 일찍 성숙한 것 같다. 중학교 시절의 나는 감옥에 가 계신 아버지 때문에, 학교 교장으로부터 반동분자의 아들이라고 공개적인 모독을 당하면서 심리적으로 무척 힘들었다. 아마도 이때 모독을 당하면서도 참고 살아나갈 수 있는 경험을 얻었던 것 같다. 언젠가 공산체제는 망할 것이라는 신념하에서만 살아갈 수 있었던, 따라서 공산당에 대한 증오도 늘어가기만 했던 시기였다. 반동분자라는 신분을 숨겼던 황주고등학교에서의 일 년은 비교적 마음 편하게 공부할 수 있는 시기였으나, 6·25전쟁이 일어난 직후 큰형님의 체포, 감금으로 공산당에 대한 증오와 공포는 더 커져만 갔다. 한편으로는 이 기간에 비록 전기도 없는 시골에서 자라난 촌놈이기는 하지만 큰 도시의 학생들보다 공부는 더 잘할 수 있다는 자신감도 얻을 수 있었다.

대한민국 육군에 자원입대한 것은 공산당에 복수한다는 각오에서였다. 막내로 자라났지만 삼남매 중 하나밖에 남지 않은 아들로서 당연한 임무라고 생각했다. 하루 사이에 나는 사춘기 소년에서 총대를 메고 스스로 목숨을 책임져야 할 어른이 되고 말았다. 되고 싶어서가 아니라 환경이 그렇게 만들었다. 그러나 제대로 어른 노릇을 하며 살아갈 수 있었다. 인간은 어떤 상황에서도 그것을 극복해낼 수 있는 극대한 잠재력과 탄력성을 가지고 있음을 보여주는 증거이리라.

일선에서 몇 번 죽을 고비를 넘기고 살아나 육군병원에서 침음하며 공상의 세계에서 살 때, 또 원호대에서 제대를 하면 어떻게 먹고살 것인가를 고민할 때, 나는 무슨 일이 있더라도 꼭 대학은 졸업해야겠다고 결심했다. 육체적으로 강하지 못한 나에겐 공부밖에 없다고 느꼈다.

열일곱 살에 상이군인으로 명예제대를 하고 밥벌이를 하기 위해 미군부대 경비원으로 일하는 동안, 나는 자습으로도 고등학교 과정을 공부할 수 있는 재능이 있다는 것을 믿게 되었고 노력의 위대성을 체험했다. 이런 일들을 겪으며 기적적으로 서울대학교에 입학하고 또 의예과를 우수한 성적으로 끝내고 나니, 그때부터는 내 재능과 근면의 성과를 최고로 발휘하고 싶어졌다. 의과대학을 우수한 성적으로 졸업해 서울대학교 교수가 되고 싶었던 것이다. 좋은 성적을 받아도 더이상 부모님을 기쁘게 해드릴 수는 없었으나, 스스로 만족하기 위해서라도 열심히 공부해 그 목적을 달성해야 했다. 서울대학교에서 공부하는 동안 나는 최일선에서 겪은 어려웠던 일들을 환기하며 스스로를 격려했고, 언제나 극한까지 노력하는 생활태도를 갖게 되었다. 하지만 1960년대에 미국에 와보니 이곳이야말로 의학의 천국이었다. 그래서 이왕이면 미국 의과대학 교수가 되어 세계 의학에 공헌하자는 목표를 세웠고 결국은 성취할 수 있었다. 이렇게 나는 끊임없이 목표를 세우며 살았고 또 그 목표를 위해 최선을 다했다.

나는 머리보다는 노력으로 성공한 사람이다. 살아오면서 늘 젊은 시절의 고생에서 얻은 인내심과 결단력의 도움을 받았다. 돌이켜보면 어떻게 나한테만 이런 행운이 계속해서 올 수 있었을까 생각하게 된다. 그리고 이런 행운의 연속은 하나님의 축복 없인 불가능하다는 것을 절실히 느낀다. 눈물이 나올 정도로 하나님의 축복을 많이 받은 일생이다. 왜 믿지도 않았던 나에게 그런 축복을 주셨는지는 알 수 없다. 그저 나의 몫, 즉 열심히 노력하는 것만을 감당했을 따름이다. 나머지는 그분의 축복이었다고 생각한다.

나의 이야기, 나의 인생관이 누구한테나 유용하지는 않을 것이다. 그러나 내 성공의 경험담을 젊은이들에게 자랑스럽게 이야기하고 싶다. 나는 언제나 성취할 수 있는 목표를 가지고 살았고, 그 목표의 달성과 완벽한 결과를 위해 최선의 노력을 다했다고. 그리고 오늘의 젊은이들에게 말하고 싶다. 현실에 실망하지 말라고, 또 현실에 만족하지도 말라고. 언제나 더 큰 목표를 세우고, 그 목표를 달성하기 위해 열심히 노력해보라고. 하늘은 스스로 돕는 자를 돕는다.

말로는 감사의 말을 다 표현할 수 없는 은인들이 나를 도와주었다. 그 어려울 때, 대학 진학이 거의 불가능하다고 생각하고 있을 때, 누님은 나를 계속 격려하며 학자로의 길에 시동을 걸어주셨다. 또 곤란한 생활 속에서도 작은형님, 형수님, 그리고 매형의 아낌없는 사랑은 그 시동이 꺼지지 않도록 지켜주셨다. 이분들 없이 지금의 성공은 불가능했을 것이다. 돌아가신 부모님도 만족하시리라고 믿는다. 그분들도 분명 개업의가 되는 것보다는 대학교수로 살아가기를 원하셨을 것이다. 결혼 후에는 아내가 큰 힘이 되어주었다. 재정적으로 좀더 유리한 길을 택하지 않은 나를 불평 없이 내조하면서 격려해주었다. 이 은인들에게 감사하는 마음, 잊은 적이 없다.

문학동네 산문집
소년병의 일기

초판인쇄 | 2008년 4월 26일
초판발행 | 2008년 5월 3일

지 은 이 | 박명근
펴 낸 이 | 강병선
책임편집 | 오경철 유정민
펴 낸 곳 | (주)문학동네
출판등록 | 1993년 10월 22일 제406-2003-000045호

주 소 | 413-756 경기도 파주시 교하읍 문발리 파주출판도시 513-8
전자우편 | editor@munhak.com
전화번호 | 031) 955-8888
팩 스 | 031) 955-8855

ISBN 978-89-546-0566-3 03810

* 이 도서의 국립중앙도서관 출판시도서목록(CIP)은 e-CIP홈페이지(http://www.nl.go.kr/cip.php)에서
이용하실 수 있습니다. (CIP제어번호 : CIP2008001225)

www.munhak.com